金子兜太の一〇〇句を読む

「海程」創刊同人
現「朱夏」主宰
酒井弘司

飯塚書店

金子兜太の一〇〇句を読む

はじめに

戦後台頭した俳人の中で、金子兜太は革新派としてスケールの傑出した俳人である。作品の面でも、評論の面でも、その一貫した精力的な活動は、他の俳人と比べて群を抜くものがある。

兜太俳句の出発は、戦前の昭和十二年、水戸高校に在学中の十八歳のときであったが、今日まで一貫して俳句に向かう姿勢は、伝承を重視した作句姿勢ではなく、「古き良きものに現代を生かす」という、常に新たなものに挑戦していくというところにある。

戦後の俳句を鳥瞰するとき、昭和二十一年、雑誌「世界」（11月号）に発表された桑原武夫の「第二芸術」論を避けて通過することはできないが、この論で問題にされた俳句が現代に耐えうる詩であるか、ということに対して、もっとも真摯に立ち向かった俳人の一人として金子兜太の論・作を見ておくことができる。昭和二十年代後半の社会性俳句、三十年代前半の造型俳句、前衛俳句と、常に時代の潮流の担い手としての役割をはたしてきたが、なによりも兜太俳句の基底には、非人間的なトラック島での戦争体験があることを忘失するわけにはいかない。

その後は、求道者というよりは存在者である種田山頭火や小林一茶に深い関心をよせ、生活の中に俳句を置く一茶への傾倒にはなみなみならぬものがある。そして、俳句では俳諧が最も大きな伝統遺産とする立場を矜持し、今日なおその途上にある。

兜太俳句の特徴は、現代人のもつ同時代的な生活感覚と感性を硬質な叙情で形象化、また俳諧性を十全に生かした作品にある。なによりも実感を大事に、人間が拠って立つ場を〈土〉に置く兜太俳句は、土俗的な存在感に支えられている。

一方、膨大な評論は、自らの作品の検証と自らが目指す俳句の指標のために書いてきたとはいえ、日本銀行に職をもっての二足の草鞋の時代から、職を辞してからの今日まで常に現代俳句を牽引し、俳句界に大きな影響力をもってきた。

今年九月の誕生日を迎えると八十五歳。昭和三十七年に創刊した俳誌「海程」(創刊時は同人誌)の主宰として、また現代俳句の啓蒙活動にも積極的に取り組む俳句専念の日々にある。

平成十四年、『金子兜太集』(全四巻 筑摩書房・刊)が出て、約七十年におよぶ兜太俳句を眺望することが簡便になった。そこで、最初の句集『少年』から『東国抄』まで十四冊の句集に収録された三九一一句から、わたしにとっての百句を選出、鑑賞を試みたのが本書である。

兜太俳句は難解だとよくいわれるが、一歩踏み込み、作品の背景などにも触れながら鑑賞をしてみた。本書が、兜太俳句の理解の一助になれば、望外のことである。

なお百句の表記は、『金子兜太集』(第一巻 平成14年 筑摩書房・刊)に拠り、配列は初出に従った。

目次

秩父の子

蛾のまなこ赤光なれば海を恋う　　　句集『少年』

昭和十五年の作。

金子兜太は、大正八年九月二十三日、埼玉県小川町の生まれ。俳句を始めたのは、水戸高校（旧制）時代の昭和十二年、十八歳のときである。一年先輩の出沢三太（筆名・珊太郎）に句会に誘われたことが契機。処女作として、

白梅や老子無心の旅に住む

を、この年に書いている。

埼玉県・秩父で開業医をしていた父・伊昔紅《いせきこう》（本名・元春《もとはる》）が俳誌「若鮎」を発行し、「馬酔木」同人であったことなどから、出入りする近郷の俳人の俳句についての議論を耳にする機会があったことを思うと、俳句とごく身近なところで兜太は育ったことになる。

「蛾のまなこ」の句であるが、「蛾のまなこ赤光なれば」という把握の仕方は、いかにも無垢な柔らかい精神が感応したとしかいいようのないナイーブな捉え方である。

水戸高校時代、斎藤茂吉に惹かれ、『赤光』『あらたま』という初期の歌集を熱心に読んでいたことを思うと、「赤光」という語も茂吉の歌集からのように思える。

「赤光」については、阿弥陀経に、「池中蓮華　大如車輪　青色青光　黄色黄光　赤色赤光　白色白光　微妙香潔」という個所があり、茂吉は第一歌集『赤光』初版跋で、ここから採ったことを書いていた。「赤光」とは、赤味をおびた光の謂である。

蛾は、蝶に似て主に夜、灯火をもとめて活動するが、その蛾の目が、赤味をおびて光っているというのである。蛾の目が〈赤光〉であるという発見により、そこから想起された淡い憧憬が、下句の「海を恋う」を引き出している。この一句の心情表出からは、たしかに青春の渦中にある多感でナイーブな、やや甘美とも思える眼差しを見ておくことができよう。

後年、兜太は〔それほど山が好きでなく、海が好きなのも（略）山国に育ち、暮らすものの、ごく自然な生理であった〕（「峠について」「俳句」昭和45年7月号）と書いていたが、峠の向こうに海を思う気持ちは、山峡の地で生育した者にしかわからない心情でもあろう。

富士を去る日焼けし腕の時計澄み

句集『少年』

初出は、「俳句研究」昭和十六年十月号。

中村草田男選の「雑詠」入選句。

句集『少年』では、「富士山麓（三句）」と前書をつけて収録している。「富士を去る」の句の他の作品は、

野ばらの蕾むしりむしりて青空欲る
小さく赤い蜘蛛手を這えり糸曳きて

の二句。大学一年のとき、軍事教練で演習に富士山麓に行ったときの作。

昭和十六年の年譜では、〔東京帝大経済学部に入学。大島へ。軍事教練で富士山麓へ。嶋田青峰検挙される。加藤楸邨主宰「寒雷」に投句を始む。（十二月八日、大平洋戦争に突入）〕と

ある。この年、兜太二十二歳。

以降、年譜の引用は、『金子兜太全句集』（昭和50年 立風書房・刊）に拠る。昭和50年以降については、『金子兜太』（平成7年 花神社・刊）、『金子兜太集』（平成14年 筑摩書房・刊）に拠る。

水戸高校時代の俳句とのかかわりは、全国学生俳誌「成層圏」（竹下しづの女、中村草田男指導）に昭和十三年四月発行の第二巻第二号より入会。「成層圏」が廃刊後は、「土上」（嶋田青峰主宰）に十五年一月より作品を発表している。が、十六年、嶋田青峰が新興俳句弾圧事件に連座して検挙され、その後、病死により終刊。以後は、同年七月より先の年譜のように「寒雷」に作品を発表している。同世代の原子公平、沢木欣一、安東次男、青池秀二など戦後に活躍を始める俳人の名前も誌面に見える。

「富士を去る」の句。富士山の裾野にテントを張って数日過ごしたあと、顔も腕も真っ黒に日焼けして帰路につく直前の作。夏富士の大景を背後にして、日焼けした手首に巻いた腕時計がまぶしい。下句の「澄み」により、真っ白な文字盤に細い分針と秒針が鮮やかである。一秒一秒、時を刻みつづける腕時計を耳にあてると、富士山麓で過ごした〈時間〉も、時を刻む克明な微音とともに蘇ってくる。青春ならではの感受性の鋭い捉え方が見事。作品の輪郭が鮮明な一句でもある。

霧の夜のわが身に近く馬歩む　　句集『少年』

初出は、「寒雷」昭和十七年七月号。

この句もそうなのだが、兜太の句にあっては、植物よりも人間も含め、動物が圧倒的に多く登場する。この句も「馬」である。兜太の句は、生きて〈在る〉ことへの限りない愛着と愛惜の情が基底になっていることを、作品を読んでいく中で感得することができよう。

ところで、「霧の夜」の句においては、「馬」が抽象化されていることに注目しておきたい。作者は「馬」を見ているということではなく、「馬」をからだ全体で感じているのである。どこか冷たい霧の流れる闇夜、そのかぎりなく不透明な中を、蹄だけが近づき、また遠ざかっていく――馬。

初期の兜太の作品にあっては、ものが実感を大切にして取り込まれているのに対し、この句では、作者の思念が投影されて抽象化された世界を構築している。そして、この「馬」には、どこか消しがたい翳がある。

昭和十七年といえば、前年からの大平洋戦争はいっそう戦場を広げ、ミッドウェー海戦、南大平洋での攻防でもアメリカ軍が反攻に転じて、戦局は楽観を許さなくなってきていた時期である。

機銃音寒天にわが口中に　（昭和15年）
日日いらだたし炎天の一角に喇叭鳴る　（〃）
喇叭鳴るよ夏潮の紋条相重なり　（昭和17年）

といった作品が、句集『少年』では「霧の夜」の句の前に組まれている。戦局がいっそうむずかしい局面をむかえつつあることと、そのような時代に青春の渦中にあることの焦燥と不安を、これら一連の句から読み取ることもそう困難なことではない。

「霧の夜」の「馬」には、なぜか軍馬の匂いがしてならない。そこには、作者の身にも避けがたく迫ってくる戦への足音を、覚めて聴く眼差しが感じられるからである。「わが身に近く」という措辞には緊迫感がある。

葭切や屋根に男が立上る

句集『少年』

初出は、「寒雷」昭和十七年十月号。
同号の「寒雷集」（楸邨選）では他に三句が採られている。

欠伸して水蜜桃が欲しくなりぬ
あぐら居の股ぐらに射す西日かな
リルケ忌や摩《さ》するに温き山羊の肌

初期の作品は、青春の無垢な感受性が外界に柔軟に反応し、肌理《きめ》の細かい感性の句を発表している。
兜太は加藤楸邨を俳句の師として選んだことについて、

私は楸邨氏を人間および句の師とかんがえ、草田男氏を句の師とかんがえている。（略）とにかく、楸邨氏は句とともに人間の師であって、双方揃った師は、俳句の世界広しといえども楸邨氏をおいてほかにはない。句だけでいえば、草田男氏のほうに、よりいっそうの親近感をもつ。句の肌合いの近さを感じるが、その理由の一つに、草田男のもつ程よい欧風感覚があるようにおもう。

（「楸邨俳句の『人間』」「寒雷」昭和53年3月号）

と書いていたが、楸邨を終生の師とした。

「葭切」の句も、俳誌「寒雷」で楸邨選を受けるようになってからのもの。信州佐久、前山村の貞祥寺での作。毎夏、学友達と勉強目的と称する合宿をしたときの句。小海線の駅を降りて田圃道を歩いてゆくと、葭切の声もきこえてくるのだろう。千曲川の上流は貞祥寺の近くを流れている。その寺を囲むような幾軒かの屋根。

その屋根の上の男がやおら、立ち上がったというもの。その立ち上がりかたがスローモーションのように感じられ、妙に存在感が確かなところが、この句の持ち味。屋根の上は天空。滑稽味があり俳諧が感じられる。

西脇順三郎は、詩集『旅人かへらず』で、「渡し場に／しやがむ女の／淋しさ」と書いたが、兜太の男は立ち上がっている。

なめくじり寂光を負い鶏のそば

句集『少年』

初出は、「寒雷」昭和十七年十一月号。

「なめくじり」の句。不思議な静けさが漂っており、そこからは鈍い光を発しているようでもある。なめくじは殻をもたない陸貝。ぬめぬめした感触、這って動いた後が白く光るのを「寂光」と捉え、鶏と対置させた。そのバランスがしっかり決まっている。「寂光」は「寂光浄土」の略。仏教語であるが、静寂な涅槃の境地から発する智慧の光の意。大正二年には、斎藤茂吉の第一歌集『赤光』が上梓されているが、その影響か。この句は、「寂光」という語を置くことにより兜太独自の体質がよく表れている。また、

農夫の胸曇天の肉をつみ重ね　（昭和18年）

という、具象へ具象へと対象を追求した句もあるが、兜太の句は、初期のものから存在感が

ある。はじめから個性の強い俳人であり、独自の感性に支えられてきたことも、これらの句を通して理解できよう。なによりも、素朴な本質的なものを追求しようとした俳人であることがわかる。

第一句集『少年』は、昭和十五年から三十年（兜太二十一歳から三十六歳）までの十五年間の句業をまとめたもの。四九七句を収録。前半は二十六歳頃までの青春時代。戦時下の不毛の青春時代であったが、「後記」では、

茫然たる不快と反撥以上には何もなく、一種の感受性の化物として、その日その日を流していたわけだった。（略）青春特有の不遜な自負と多感への蕩酔《ママ》、一方では重くかぶさる歪んだ現実への受身の反撥と、それからくる希望のなさ、息苦しさ—その混淆であった。自分をもてあましていた。

と書いているが、戦時下の俳句は兜太自身の叙情的体質を存分にさらけだしている。そして、青春時代の心の飢えを、あますところなく書いた次の句も忘れがたい。

愛欲るや黄の朝焼に犬佇てり　（昭和18年）

山脈のひと隅あかし蚕《こ》のねむり

句集『少年』

初出は、「寒雷」昭和十七年十二月号。

兜太の俳句の背骨にある叙情の原郷として、出生地としての秩父は、陰に陽に影響をあたえているが、この句では、そうした原郷としての秩父がよく表出されている。

耕地面積の乏しい山峡の地、秩父では、養蚕は欠くことのできない副業として、農家が積極的に取り組んできたことで知られているが、（秩父事件当時の秩父の全農家の九十六％が養蚕農家であったことを、井上幸治氏は『秩父事件』のなかで書いている）この句からは、山国に生活する人々の情景が、みずみずしく捉えられている。

山峡の夜。幾重にも折り重なる山影のあいだから、人々の暮らす淡い明かりの広がり。蚕飼いの集落は一見、静寂のなかにあり、立ち働く人の影が障子を通して見えるようでもあるが、農民の日夜の過酷な労働も忘れるわけにはいかない。さて、この一句、

山脈《なみ》の一隅赤し蠶のねむり　（「寒雷」昭和17年12月号）
山脈の一隅赤し蠶のねむり　（合同句集『伐折羅』昭和18年）
山なみのひと隅あかし蠶のねむり　（合同句集『鼎』昭和25年）
山脈《やまなみ》のひと隅あかし蚕のねむり　（「俳句」昭和47年5月号）

このように、兜太の俳句では、初出の表記が何回となく推敲を重ねられている経緯が見られる。別の見方をすれば、それだけ兜太は、一点にとどまりがたい俳人である所以でもあるが、ここでは「山脈」は〈さんみゃく〉ではなく〈やまなみ〉と読ませること、「あかし」は初出時には〈赤し〉であったことに留意しておきたい。

兜太には秩父の山河が原郷として、次のようにある。

私ばかりでなく、秩父に住む人たちは誰でも、山影からのがれることはできない。その山影のなかに、さむざむと立っている自分に気づくことがある。また、ときには、剛直に立っているところもある。ひぐらしの鳴き盛る夕暮れ、山影のなかに、食事の箸をはこんでいる家族の顔を見まわすことだってある。その山影は、すぐそばの山ばかりでなく、県境の峯峯にいたるまで、幾重にも重なっているのである。

（「秩父の山影」「太陽」昭和45年2月号）

曼珠沙華どれも腹出し秩父の子

句集『少年』

初出は、「寒雷」昭和十七年十二月号。

秩父は、古代においては知々夫国《ちちぶの》と呼ばれた地であり、関東屈指の古社である秩父神社が置かれた地でもある。また秩父三十四カ所の観音霊場めぐりの巡礼の地でもあった。近代に入ってからは、自由民権運動が激化した時期に起こった農民一揆——秩父困民党事件についても忘れることができない。一万人前後の民衆が蜂起、郡役所・高利貸に対し借金の年賦返済を要求する運動であった。

秩父の地の民衆のもつ熱い血について、兜太が、

私は山影情念ということばで、山国住民の内ふかく蟠《わだかま》る、暗鬱で粘着的な実態を窺《うかが》うのだが、それはだから、光には敏感だった。開明の空気は、内なる暗と外なる明の対照をより鮮やかにしていったから、見えてきた光（外からの、あるいは外への）が理不尽に閉ざされた

ときの暗部の激発は、誰も防げるものではなかったのだ。しかし日頃は、わずかな光でも、遠い峠の上の薄明を望むように、それを頼りに耐えるしかなかった。粘り強く、剛毅に（略）。

（「秩父困民党」『思想史を歩く 上』昭和49年 朝日新聞社・刊）

と書くとき、山国民衆のもつ粘着質で剛いエネルギーを想起せずにはいられない。

そして、「曼珠沙華」の句の「秩父の子」を、秩父困民党の民衆の末裔としてダブらせて考えてみたりする。

「どれも腹出し秩父の子」――どの子も、なにか叫びながら駆けてゆく。その姿の中に山国民衆のもつエネルギーが見られないだろうか。いがぐり頭の大きな子も小さな子も懸命に走っているのだ。「だれも」でなく「どれも」で、この句は生きた。

「曼珠沙華」で一息入れて切って、あと、いっきに「秩父の子」まで読みきってみると、情景が生き生きと見えてくる。曼珠沙華は痩地の土手か小道のかたわらに咲いているのか、秩父が山峡の地であるだけに、初秋の青空に燃えるようにあるのだろう。梵語のmanjushkaが天上の華の意であることを思うとき、観音信仰の霊場をもつ山峡・秩父での曼珠沙華は、また、妖しいまでに赤赤として燃えているさまが見えるようである。

木曾のなあ木曾の炭馬並び糞《ま》る　句集『少年』

昭和十八年の作。

この年、「寒雷」の仲間であった新婚の牧ひでを名古屋に訪ね、長逗留のあと、木曽に一人旅をしたが、そのときの句。

句集『少年』では、「木曾福島にて（八句）」と前書がある、

木曾の春夜白壁にふとわが影が
雪嶺かがよう峡の口なる宵の星
枯山に煙ろう入日首振る馬

などの句が「木曾のなあ」の句の前に置かれている。

木曽路は、中山道の信州・木曽郡内での別称。かつてここには、贄川《にえかわ》、奈良井、藪原、宮ノ

越、福島、上松、須原、野尻、三留野、妻籠《つまご》、馬籠《まごめ》の十一宿があった。

木曽川の上流にあたる木曽の谷は、約八割が森林で、木曽五木といわれるヒノキ、サワラ、ネズコ、アスナロ、コウヤマキなど針葉樹が多い。西に中央アルプス、南に南アルプスが走り、切り立った峻厳な峡谷では農耕も畑作が中心、往事は木曽馬が運搬の手段としても活用された。

この句、野性味をおびた表現のなかに、生きている人間の温かい息づかいがひしひしと伝わってくる。上句の「木曾のなあ」という呼びかけは、木曽節の出だしの一節であるが、俳句独特の意味をもたない捨て言葉の美しさが、ここにはある。その捨て言葉をうまく使って、中句の「木曾の炭馬」につなげているのだ。

表現されている世界は、炭を運ぶ木曽馬が並んで糞を落としている光景であるが、落ちた馬糞から立ちのぼる湯気まではっきり見えてくる。木曽の山奥で焼いた炭を、運び出す木曽馬は、脚が短く胴が長く、あまり格好のよくない馬であるが、その剛直で忍耐強い馬を詠んで、生命感あふれる句にした。

秩父困民党も、この中山道を下ったが、兜太にはそのこともどこかに意識があるのか、第六冊目の句集『旅次抄録』にも、木曽を旅しての句がある。

木曾の夜ぞ秋の陽痛き夢の人

魚雷の丸胴蜥蜴這い廻りて去りぬ

句集『少年』

初出は、「寒雷」昭和二十二年三月号。

年譜によれば、昭和十八年〔九月、半年繰上げの卒業。日本銀行に入行し、すぐ退職。海軍主計短期現役として品川の海軍経理学校で訓練を受ける〕。十九年〔二月、訓練を終り、主計中尉に任官。三月初め、トラック島夏島（現デュブロン）の第四海軍施設部に飛行艇で赴任〕と、二十代の前半を戦争という異常な時間のなかで、兜太は過ごしている。

しかし、俳句への意欲は、出征中も萎えることなく、「寒雷」（昭和19年9月号）に載った「生活と古典に就て（一）」では、〔自分の目標は生活とその中に形造られる意識に掛るものであり、俳句の内的拡充もこの面にしか考へられないのであつた。単なるポエジー論は問題にならなかつた。草田男と楸邨の止揚――この自分なりのテーマを自ら解決してゆかうとした所以でもあつた〕と書いている。

戦地のトラック島で書いたこの文章からは、後年「主体の表現」を目指すことになる兜太俳句の原点を見ておくことができよう。
この句からは、自動装置で水中を進み、目標にぶつかると爆発する、ものとしての魚雷と、小動物としての蜥蜴が対置して書かれているが、一見どうということもない風景に見えながら、蜥蜴と魚雷の関係には、つねに生と死とが緊張関係をもって潜んでいる。また、この句を何回か読んだあとに残る空白感は、蜥蜴が去ったあとの景が、魚雷だけによるもの、というだけではない。兜太は、トラック島での日常に触れ、

僕の日常は大部分飢えとの戦いであって、それがいつしか、第一線にいて風前の灯となっている自分の状態を忘れさせ、戦争をすら客観的にし、爆弾なんか全く平気になり、自分を非常にニヒルな状態にしてしまっていたのを今思い出す。

（「楸邨論断片」「寒雷」昭和25年4月号）

とも書いているが、「魚雷の」の句には、たしかに生あるものとしての蜥蜴によせる温かい眼と、また、生をどこかで客観視しているニヒルな眼とがある。この一句が特異なのは、戦争という異常な状況のなかで形成された精神の形姿を、覗くことができるからである。

水脈《みお》の果て炎天の墓碑を置きて去る

句集『少年』

昭和二十一年の作。

年譜ではこの年〔米軍捕虜として、春島（現エモン）の米航空基地建設に従事。南十字星の会（散んざん苦労する会）出来る。十一月下旬、最終復員船で帰国〕とある。

この句は、「帰国」と前書のある三句のうちの一句。他の作品は、

　赤錆びの浮標《ブイ》とおのれの炎天下

　北へ帰る船窓雲伏し雲行くなど

の二句。「水脈《みお》の果て」の句に触れながら、兜太は次のように書いている。

全速の駆逐艦上にいて（略）、捕虜のあいだに噛みしめていた、これからの生き方について

の思念を、あらためて噛んでいた。それは、一と言でいえば〈非業の死者に報いる〉ということ。痩せ細って眠るように死んでいった人たちの顔が頭から離れない。「炎天の墓碑」が消えない（略）つづめるところ戦争に罪あり。これからは戦争のない世のために一臂《いっぴ》の力を仮《か》したい。

（『俳句専念』平成11年　筑摩書房・刊）

また「トラック島は私にとって、戦後の歩みの原点です。捨身飼虎の生き方もここから始まります。組合運動に身を投じたのも、後に俳句専念を決意したのも、元を辿ればすべてここに集約されます」（『二度生きる』平成6年　チクマ秀版社・刊）とも書いていたが、戦後への出立の決意の原点をここに見ておいてよいだろう。下句の「置きて去る」に、動かぬ意志の表現を見ておくことができる。

この年、兜太二十七歳。のちに、人生の転機といえるときの句が二つあると兜太は書いていたが、その一つが、この「水脈の果て」の句。

俳句の師であった加藤楸邨は、戦時中の兜太に二句残している。

鵙の舌焔のごとく征かんとす　金子兜太出征　句集『雪後の天』

はろかより朝蜩や何につづく　兜太トラック島に健在の報あり　句集『野哭』

死にし骨は海に捨つべし沢庵噛む

句集『少年』

初出は、「寒雷」昭和二十二年五・六月合併号。

この年、年譜に〔二月、一応、日本銀行に復職〕と記しているが、戦争体験が青春の体験でもあった兜太にとって、トラック島から帰国した後も、戦後の出発の視座を確かなものにするには、心を癒やす時間が必要であった。そのことは、戦争という異常な日々を、平常の日々として感受することを強いられた世代にとって、戦争状態の終結は、まさに一つの死であったからである。

「死にし骨は」の一句は、戦争で生き残った者の再生への心根が示されているが、自棄的な苦い憎悪の思いから、戦後を出発しなければならなかった兜太の、虚無的な形姿を想像するに難くない。戦後の出発は、喪失したものを認識するところからの出発であり、それは、死を実存的に認知するところから出発して生に向かうという手続きをすまさないことには納得できないものであった。だから、「死にし骨は」の句に前後して書かれた句、

初株あまた雪に現われ不安つづく
芽立つじゃがたら積みあげ肉体というもの

からは、まだ、生を積極的に受けとめられない内面の揺れを、確かめておくことができる。

敗戦の翌年トラック島から復員する駆逐艦の甲板に仰向けに寝て、遠のいてゆく島々と夕焼のはじまった空をみながら、「あ、何てことをした」としみじみ思った。間違いだらけだった。その後十年、僕は決して「あ、何てことをした」と思わぬように努めた。し《(ママ)》、し、どうも安心ならない。(略) しかし、一つだけ自ら慰めることがある。それは、「非人間的なもの」を見分ける眼と、それと絶対に妥協すまいとする努力にかなりの自信を得てきたことだ。十年の成果はこれだけだが、矢張《(ママ)》多少の成長であろう。

(「風」昭和30年12月号)

という、兜太の戦後十年を経ての感想は、〔戦中派のぼくにとって、『物』は信じられない所在であるだけに、どうにも無視することのできない所在なのである〕(「俳句」昭和39年2月号)という言と呼応する。

朝日煙る手中の蚕妻に示す

句集『少年』

初出は、「寒雷」昭和二十二年八・九月合併号。

この年、〔四月、塩谷みな子と結婚。住宅難のため週末に会うだけの生活後、ようやく浦和に住む〕と年譜に見える。この句に触れながら、兜太は次のように書いている。

新婚旅行など望めない時期なので、毎日、二人で、秩父の晩春の畑径を歩いて、新婚気分を味わっていた。その途中、農家の飼屋に立ち寄ったときの句。

（「自作ノート」『現代俳句全集 二』昭和52年 立風書房・刊）

この句、朝日が明るく射し込むなか、掃立《はきたて》のあと蚕籠《こかご》に移された蚕を手にとって「妻に示す」というのである。四回眠って蚕はからだが透明になっていくが、蚕籠の蚕を「妻に示す」という意図的な表出からは、二人がこれから育んでいく生活を黙契のうちに確かめ合っているさまが窺える。注目しておきたいのは、「示す」という措辞が、この句にもつ重さである。清新な句。句集『少年』の後記で、結婚前後までを不毛の青春と記し、また、結婚後を〈戦後の生活を通しての思想的自覚の過程〉とも書いていた。「朝日煙る」以後の作品には、視野のなかに未知の人間が入ってきて、その未知の人間とのあいだに新しい生活を確立していく過程が躍動的に俳句として示されることになる。

妻みごもる秋森の間貨車過ぎゆく
家は伽妻にも吾にも夜番が呼ぶ
独楽廻る青葉の地上妻は産みに
茜の冬田誠意の妻に何もたらす

昭和二十二年から二十三年に書かれた俳句である。結婚を契機として肉親に寄せる情は両親や弟妹から、伴侶に移っていったことが読み取れる。

また、昭和二十一年十一月、金沢で沢木欣一によって創刊（昭和21年5月）された俳誌「風」に参加したことも、兜太俳句の展開を考えるとき、忘れることができない。

墓地は焼跡蟬肉片のごと木木に　句集『少年』

初出は、「寒雷」昭和二十三年十月号。

「寒雷」（昭和40年10月号）の「自選五十句自註」で、この句に触れて〔白山上の原子公平を訪ねた。巣鴨からあの一帯、瓦礫の山であった〕と、また、そのような瓦礫の廃墟に触れ、兜太は次のようにも書いている。

夜、真っ暗な凸凹《おうとつ》が、文字どおり天にまで連なる感じの景は不気味であった。昼間は、これら壊滅のもろもろに太陽が容赦ない。（略）その瓦礫のなかに、むろん樹木も焼かれて死木と化して立っていた。

（『今日の俳句』昭和40年　光文社・刊）

この「焼跡」は、戦災によるもの。空襲によって街も墓地も区別なく罹災し、廃墟と化した東京そのものである。「墓地」の内も外も焦土となった。

瓦礫の廃墟と化した東京の夏――太陽だけは、かつての日と変わることなく照りつける炎天下、生あるものとしての、確かな存在として生きつづける蟬は、「肉片のごと木木に」しがみつくように止まっているのである。

「蟬肉片のごと」と兜太が書くとき、そこには、トラック島での戦中体験がダブルイメージとなって見えるようである。南方の島で果てていった多くの戦友の非業の死の記憶として、爆弾によって草むらやジャングルに消えた戦友の肉片と、そのあとの嘘のような静寂。また一方では、空襲での爆風によって、飛散した人々のことも連想することができよう。戦後の荒廃の中で書かれた句であるが、なによりも生きていることへの強い驚きを読み取ることができる。そして、あらためて戦中戦後の価値観の急変する渦中に身を置いて、物を自らが見るという行為を通してしか確証することが困難である世代を、この句を通して見ておくことができよう。この句から見えてくるのは、真夏の白昼、せいいっぱい生きることの証のために鳴く蟬の声ではなく、蟬そのものが存在して在る世界だ。たとえていえば、瞳孔の開ききった世界のようにも見える。

兜太の俳句に、大きな影響力をもった堀徹が亡くなったのも、この年であった。

落書地蔵も麦野も無慚に友死なしめ

舌は帆柱のけぞる吾子と夕陽をゆく

句集『少年』

初出は、「寒雷」昭和二十四年三月号。

〔六月二十一日、長男真土《まつち》誕生〕と前年の年譜に見える。また二十四年は、〔四月、日銀従組事務局長（専従初代）となり組合運動に専念。初夏、浦和から埼玉県竹沢村に移る〕とある。竹沢村は、現在の比企《ひき》郡小川町。

結婚後の兜太俳句は、妻子をモチーフにしたものが目立つ。句集『少年』に所収の作品を見ただけでも、結婚から長子誕生にかけての昭和二十二・三年の作品、七十五句のうち妻の句は八句、長子については六句ある。

別の見方をすれば、戦争体験を経て、信じるに足るものを喪失して戦後を迎えたなかで、兜太は結婚を契機にして、妻や長子によって人間への信頼を回復していったといえる。昭和二十三年の長子をモチーフにした作品を抽き出してみても、

河口に浪しろじろと寄り吾子も夏へ

秋灯洩れるところ犬過ぎ赤児眠る

蝶のように綿入れの手振り吾子育つ

といった具合である。どこまでも心を解放して伸び伸びしている。

「舌は帆柱」の句についても同じことがいえる。まだ話すことのできない赤子の、無邪気なはしゃぎ声と愛敬のある小さな舌。その舌は風を孕んだ帆柱のように、明日へ向かうごとくにある。赤子は父親の背中ではしゃぐたびにのけぞりながら、喜びをからだ全体で表しているのだろう。夕陽に向かって駆ける父子の眼差しは、どこまでも明るい。

〔戦後も、いまも、私は（略）〈人間のいる俳句〉に執着しつづけている。〕（「土がたわれは」「俳句」昭和45年8月号）と書く兜太は、つづけて、〔状況の句は、生きているという今の事実（それを生活という言いかたもある）を、十分に書きとめようとし、喜怒哀楽のなまぐささや、意識や心理、感情の生きた屈折を主題とする。いわば生《せい》に向うものなのである。〕とも言う。

そして、兜太の句のなかの人間は、もっとも身近な妻子から、社会の名もない人々にまで向かっていくことになる。

縄跳びの純潔の額《ぬか》を組織すべし

句集『少年』

初出は、「寒雷」昭和二十五年四月号。

年譜では、〔早春、大阪、岡山、四国三支部を廻り、松山では牧ひでを居に泊る。四月、埼玉県志木町の義兄住居予定の家に転居。仮宿なり。六月、朝鮮事変勃発。いわゆるレッド・パージ拡がり各労組騒然。十二月、日銀従組を退かされ、福島支店に転勤〕とある。前年、四月に、日銀従組事務局長（専従初代）となり、組合運動に専念した生活になっていた。

「縄跳びの」の句。「四国の空」と題して発表した十四句より。他に、次のような句を残している。

銀行員に早春の馬唾充つ歯

山には枯畑谷には思惟なくただ澄む水

兜太は、日銀に復職した翌年の昭和二十三年から組合の代表委員になっているので、組合活動は、福島支店に転勤するまでの三年間。特定のイデオロギーへの奉仕ではなく生活の防衛と職場の近代化に注がれていた。

「縄跳びの」の句は、高知での作。昭和二十年代の子どもは、だれも家の外で異年齢の仲間と一緒に遊んでいたが、そうした景が発想の根にある。組合運動の旅先で目にした景であろう。この句での兜太の意思表示は、「純潔の額《ぬか》を組織すべし」。あえて「純潔の額《ぬか》」とまで言わせたのは、戦後まもなくの近代化されない社会に対してのやりきれない焦燥感、そのことは、ひとえに旧態依然の大人の側にある責任ということを痛感していたからだろう。そうであったら、あの縄跳びの純粋な子どもたちをもって新生日本をという願いが、この句からは読み取れる。また、「組織すべし」という決意とも取れる強い願望からは、兜太の人間性の回復を、あるいは戦争で非業の死を遂げていった多くの同胞に報いようとする意思も読み取れよう。

四国での組合運動の旅で、ふと垣間見た縄跳びの子どもたち。その子どもたちを通して、生きる力を授かっている兜太が、ここにはいる。

なによりも、縄跳びに興じている大人の汚れを知らない子どもの額を、「組織すべし」と言い切る、この一句の文体には、兜太の純粋な生きざま、理念を見る思いがする。

この句の収録された句集の題名も『少年』。兜太の純粋志向が窺える。

手の傷も暮しの仲間雪青し　　句集『少年』

初出は、「風」昭和二十六年七月号。

年譜では昭和二十六年、冒頭に〔阿武隈河畔渡利に住む〕とある。前年十二月〔日銀従組を退かされ、福島支店に転勤〕後、二十八年八月までが福島時代である。

当時のことを兜太は、次のように書いている。

阿武隈河《（ママ）》という名は、運命的なひびきを持つが、この辺の老人は『相のいい河』としている。私もそう思う。十二月転勤して、妻子三人、河岸のコンクリートに腰かけた時、ああ、これで救われると、思わず呟き、日暮の白っぽい寒さの中でそこに住む対岸のちらちらして来た灯を見ていたものだ。確かに、この河にぶつからなかったら何とヤル瀬なかったことだろうと考える。

（「しみったれた風土記」「風」昭和27年8月号）

福島支店への転勤が、自ら望んだものではなかっただけに、阿武隈川との出会いは、安息をもたらす大きな救いであったろう。

「手の傷も」の句は、兜太の生来の叙情の質を窺知することができるが、それだけではなしに、ここには人間性あふれた温かさも内包している。どちらかというと、社会の現実を直視し、観念が露呈した作品よりも、このような身辺の生活を凝視した句に注目しておきたい。日銀従組の専従から解放され、普通のサラリーマンとなり、より生活の身辺に眼が向くようになったことから誕生した句である。

どこで負ったのか、手の傷を「暮しの仲間」と捉え、福島での初めての冬を「雪青し」と捉えたところ、これから始まる新しい生活への期待も窺える、清新な一句である。

しかし兜太俳句の目指す方向は、

奴隷の自由という語寒卵皿に澄み　（昭和26年）
ほこりっぽい抒情とか灯を積む彼方の街　（〃）

という作品に示されるように、社会への批評精神をより強固に、また高浜虚子に代表される伝統俳句を超克する形姿を、いっそうに鮮明にした時期でもあった。

罌粟よりあらわ少年を死に強いた時期

句集『少年』

初出は、「寒雷」昭和二十六年十一・十二月合併号。

この年、〔常磐炭田、蔵王、会津にゆき、飯盛山で「罌粟よりあらわ少年を死に強いた時期」をつくる〕と年譜にも見える。「飯盛山」の前書を付したこの句を大切にしていることがわかる記述である。

句集『少年』では、この句の前に、「会津若松にて（四句）」として置かれた作品に、

会津の山山雲揚げ雲つけ稲田の民
木の実と共に寝不足の妻の肌明《あか》らむ
鉄塔は巨人蟷螂は地の誇り
木階登る化学労働者等いわし雲

がある。

そして、この四句の次に「罌粟よりあらわ」の句が置かれている。旅の句の表情を超えた重厚さ――歴史的把握を、そこに見ておくことが可能である。

さて、この句の「少年」であるが、会津藩、少年決死隊の十六・七歳の白虎隊と呼ばれた少年たち。明治元年の戊辰戦争で多くの戦死者を出しながら重囲に陥った白虎隊残余の二十名は、若松城に入ろうとして飯盛山に登ったが、すでに城が火に包まれているのを見て自刃していった。そのときの少年たちである。

兜太が「少年を死に強いた時期」と、白虎隊終焉の地を眼前にして書くとき、戊辰戦争で官軍に敗れ、大義名分の掟のために自刃していった少年たちへの思いと、自らの苦い青春への思いが重なってそこにある。それは、自己の存在の重さを感知することを拒絶された状態のまま、非業の死をとげざるをえなかった多くの同世代に対する鎮魂であり、絶対的な権力に対しての憤怒とそれに拮抗する痛みである。

その思いを、「罌粟よりあらわ」――罌粟の鮮麗な花よりも、もっと少年の死は鮮烈で無惨であったと書かざるをえなかった兜太の胸のうちには、人間蔑視への消しがたい憤怒の情が込められている。

確かな岩壁落葉のときは落葉のなか

句集『少年』

初出は、「風」昭和二十七年一月号。

この句には、存在をしかと見据えている眼がある。風景として見たときには単純な景であるが、「確かな岩壁」と書かれたとき、確かなという措辞には、兜太の抜きさしならぬ思いが込められていよう。

それは、青春の渦中で、自ら信ずるに足ると思っていたものが、次々に崩壊していった戦争での体験。また、日本銀行に入ってからの組合運動も中途で転勤ということなど。こうした状況を経てきた兜太にとって、「確かな岩壁」といわなければ、自らを納得させることが困難であったことも想像に難くない。自らが拠って立つ場を、事物を凝視することにより獲得していったといえる。だから、「落葉のときは落葉のなか」と書ききることによって、四季の移ろいのなかで、「岩壁」は確かな存在としての重さをもって顕現している。

昭和二十年代は兜太にとって、まず、生への復権をはかることから始まり、より意欲的に人間に対して連帯の絆を広げていった時期であった。それゆえに、自らの意思・心情が投影されている作品が多い。

一方、「確かな岩壁」の句のように、存在の根を凝視した句のあることも見逃すことはできない。一見、平凡な写生句のように見えながら、その域を超えているのは、ものを凝視する眼――事物の存在を凝視する眼を基底に据えているところにある。

私には此の頃一つの不満が根強く巣喰っている。俳句雑誌の大方にたとえ一行でも真剣な平和論が見当たらないということである。単純なことだろうか――然し私には之れは重大なことのように思われてならない。（略）楸邨が高村光太郎に会って『物をよく視ること』を教わったという話を聞いた。この『物』は『事物の核心』であろうが、事物は単なる自然の関係の上に立つ事物でなく、傑れて人間の関係そのものの現象と解したい。そうでなければ結局光太郎が一度犯した『傑れた芸術家と愚努《ママ》な社会的実践家』の矛盾を再び繰返すことになる。社会の現実をよく見る。

（「選評」「寒雷」昭和27年6月号）

と兜太が書いたのも、ちょうどこの頃のことである。

きょお！と喚いてこの汽車はゆく新緑の夜中

句集『少年』

初出は、「寒雷」昭和二十七年七月号。

兜太と同世代の俳人の昭和二十七年の作品を今見ると、

鉄階にいる蜘蛛智慧をかがやかす　赤尾兜子

鰯雲日かげは水の音迅く　飯田龍太

青年へ愛なき冬木日曇る　佐藤鬼房

俳諧の鬱と激しや吹流し　鈴木六林男

杭のごとく／墓／たちならび／打ちこまれ　高柳重信

鉛筆の遺書ならば忘れ易からむ　林田紀音夫

雪嶺まで枯れ切つて胎かくされず　森澄雄

といった句があるが、兜太の「きょお！」の一句の清新で逞しく開放的な作品は、同世代のこれらの句と並べたとき、あらためてその新鮮さに注目させられる。

俳句形式を五・七・五音からなる十七音としたとき、この句はあきらかに定型をはみだしているが、定型感は保っている。自己表出が積極的であればあるだけ定型をはみ出て長くなりがちであるが、そのことはまた、より積極的に独自のリズムをつくっていくことでもある。この一句は口語発想で、新しい世界を拓いた句といってよい。

さて汽笛の「きょお！」は〈今日〉にも通じる。力強い躍動感をもった句にしているのは、「新緑の夜中」に負うところが大きい。幾重にも緑がひろがる世界に景を限定することにより、生きものとしての存在感をもった汽車を、いっそう鮮明にした。

また、「この汽車はゆく」と書くときの〈この〉という連体詞からは、作者自身が汽車の乗客の一員であることを思わせると同時に、兜太自らのうちにあって直進する汽車をも想起させる。そのことは、具象の世界から抽象の世界へのひろがりを、この句はもっているということでもある。

兜太という俳人は、日常の生活や生き方というところに、つねに固執しながら、身の丈を超えた新たな言葉の世界を構築してきている。

雪山の向うの夜火事母なき妻

句集『少年』

初出は、「寒雷」昭和二十八年四月号。

「義母二十七年十二月逝く」と前書のある句。

戦後の兜太の作品は、昭和二十一年、雑誌「世界」十一月号に発表された桑原武夫の「第二芸術」論に触発されたように、〈現代を俳句で書く〉というところに視座を据えて、どちらかというと硬質な叙情の作品を多く書いてきたが、この句のように肉親や縁者へ目を向けた句は、息を抜いて、透明感のある叙情をストレートに見せてくれる。なによりも、観念の臭みがないところがよい。

「雪山の向うの夜火事」――見えてくる情景は鮮明で、哀切でもある。下句で転換をして、「母なき妻」と置いているが、ここからは母を思う妻と、作者との微妙な心理の陰影も見えてこよう。「雪山の向うの夜火事」を通して、雪山の向こう側の見えない、真実を見ようとしている眼差しがやさしい。

時間は、いつもと同じに刻々と表情を違えず過ぎていくが、そこに人の生死のことが入ってくると、時間は、また違った風貌を見せて流れはじめる。
兜太は、戦争体験を通して非業の死を多く体験してきたが、それは非日常の時間の流れのなかで起こった死であった。それに対して、この句の義母の死は、日常の時間の流れのなかでのことである。自然の時間の中での死こそ、深く身に沁みて残るものがあろう。
第四冊目の句集『暗緑地誌』の中には、「岳父の死」十二句がある。

峡ふかく死にたり真水口に得て
ひたに山影秋霜のごとき死ありや

これらの作品を読んで思うことは、故郷である秩父がどこかしら感じられる句には、読者の琴線に訴えてくる力があるということである。句のなかに、作者の心が脈うって聞こえてくるものがある。そして伴侶への温かい眼差し。

父母なき妻に夢定《むじょう》の朝のとびくる冬

暗闇の下山くちびるをぶ厚くし　　句集『少年』

昭和二十八年の作。

句集『少年』では、「神戸に転勤と決り猪苗代湖畔に友等と泊る（八句）」と前書のついた作品の、次に置かれている。

年譜では、〔九月、神戸支店に転勤。猪苗代湖畔の元高松宮邸で送別会。ドイツ風の建物わびし〕とある。兜太は「暗闇の」の句を自解しながら、

福島市に二年半ほどいたときの句で、吾妻山を、夜、ひとりで下山した。いまのように自動車の走れる道はなく、文字どおりの山路を、足もとを見つめながら下りていったのだが、しかし、しだいに慣れて弾みがつく。からだが熱くなり、肉がふくれてくる感じで、やや突きだし気味にしていた唇も、部厚くふくれてきて、意力の野生をおびた昂揚をおぼえていた。〈主体〉ということばが、身に即してわかるのも、こんなときだ。

（「自作ノート」『現代俳句全集 二』昭和52年 立風書房・刊）

「暗闇の」の句からは、来し方の生きざまの諸々のことへの自虐の念と、神戸での生活に思いを馳せながら、新たなものに挑戦する気持ちが、ひしひしと感じられる。「くちびるをぶ厚くし」——自らの意志と感覚に肉体が本能的に反応している態様である。肉体感覚を俳句表現として造形したところが、この句の手柄である。

また、句集『少年』のあとがきでは、戦後の作品に触れて次のように書いている。

善良というものは本来的な性質《アンラーゲ》であって、ここから善意とでも言うべき社会的な性格《カラクター》に展開しない限り、それを支え切ることは出来ない。また、そうした社会的な性格に到るためには、自分の抒情的体質や封建的意識と裏はらの感情の古さを、論理的に克服する必要がある——と。抒情的でなく抒情を、観念的でなく観念を——ということでもあるが、ここに僕は自分の生き方を定めた。

「暗闇の」の句は、その路線を明確に具現化した一句といえよう。

夜の餅海暗澹と窓を攻め　句集『少年』

初出は、「風」昭和三十年三月号。
兜太の神戸時代の句。山国の秩父で育ち、軍隊時代は別として海のある港町での生活は初めての体験であった。この「夜の餅」の句の前後につくられた海が登場する作品には、次のようなものがある。

屋上に洗濯の妻空母海に
造船工泊る蚊帳越しにデルタの灯
少年一人秋浜に空気銃打込む
妻にも未来雪を吸いとる水母の海

兜太俳句の一つの特徴として、海に素材を求めたものが神戸時代以降、多くなってくるが、港町神戸での生活が海との出会いを決定的なものにしたといえる。

「夜の餅」の句であるが、この当時の句としてはめずらしく季語を使って一句を構成している。冬の夜、明かりを囲んでの夕食か。静寂の中を、海の波音が部屋の中まで聞こえてくるのだろう。下句の「暗澹と窓を攻め」からは、懸命に生きる家族の存在感が、ひしひしと伝わってくる。

この作品が発表された前年の二十九年には、俳誌「風」十一月号で行ったアンケート「俳句と社会性」で、兜太は、

> 社会性は作者の態度の問題である。創作において作者は絶えず自分の生き方に対決しているが、この対決の仕方が作者の態度を決定する。社会性があるという場合、自分を社会的関連のなかで考え、解決しようとする「社会的な姿勢」が意識的にとれている態度を指している。

と発言している。この発言を契機に、俳句における社会性が問われるようになる。兜太は、ここから「造型論」へ発展させ、前衛俳句の潮流を形成する端緒としていった。

悄然たる路上の馬を雛の間より

句集『少年』

初出は、「寒雷」昭和三十年六月号。
「笠岡にて」と前書がつけられている。もう一句、笠岡での句には、

奇声で唄ふ学生春暮の白壁路地

がある。笠岡は、岡山県南西端の瀬戸内海を臨む市。中心地は、江戸時代に大仙院の門前町に始まり、代官所が設置されてからは米の積出港として栄えた。現在は、広島県福山市にまたがるコンビナートにより工業が発展。島嶼部では漁業が盛んである。

「悄然たる」の句。まず上句で「悄然」という固い言葉を使っているが、これは元気がなくしょんぼりしているさま。雛の節句の華やかな一間から、窓の外の馬を見かけた、という句意。しょんぼりしているという表情から推してみると、老馬か。「路上」の語によって老馬の姿が

鮮明に見えてくる。ただ、飼い主の姿は見えない。いつから路上にいたのかといったことも気になるが、旅情をうまく掬い取っている。

また、遠近も明晰。「雛の間」は〈晴《ハレ》〉の空間、そして「路上の馬」の景は〈褻《ケ》〉の空間。旅人としての眼だからこそ、切り取ることができた景でもあろう。

この句からは、

づぶ濡れの大名を見る巨燵哉　小林一茶

を想起する。雨の中をずぶ濡れの大名行列が通る。それを炬燵の中から見ているという句。信州柏原に帰郷してからの一茶の句には、武士や大名を詠んだ句が多くあるが、風刺があり、どこか軽蔑感も感じ取れる。

この一茶の句に比べて、兜太の「悄然たる」の句は、日常の生活のひとこまを同じ目線で見ていて、旅の叙情がよく出ていよう。

十数年後に、兜太は一茶に傾倒することになるが、水面下でこのような句を通して繋がっていたことを知ると、また感慨もあらたなものがある。

白い人影はるばる田をゆく消えぬために

句集『少年』

初出は、「寒雷」昭和三十年八月号。「北陸その他」と題して発表した六句より。金沢で行われた「風」の大会に参加した折のもの。他の作品には、

麦車雉なく森へ動き出す
花栗かぶさる貧農の家冴えゆく眼に

といった作品がある。

ところで、兜太という俳人の、言葉を呼び寄せる強引な腕力には、なみなみならぬものがある。大方の代表句は、そのような言葉を組み伏せる腕力の恩寵にあずかって誕生した作品といってもよい。この句では、「白い人影」の感覚力。

その一方、本人は真面目につくっているが、あまり面白くない凡作も多い。兜太の眼は対象を鋭く切り取るが、ややもするとその実感のところで言葉が飛翔していかないといったことが、間々見うけられる。

「白い人影」の句。車窓から、次々と展がり過ぎ去っていく北陸の田野を眺めているのであろう。そんな風景に、遥か遠くの青田の中を、陽に映えた白い人影の行くのが車窓から見えている。下句を「消えぬために」と置いているが、この自己認識の強化の表現は、自己が存在して在ることへの讃歌のようでもある。

兜太俳句は、それにしても白色思慕の句が多い。神戸時代の作品でも、

白服にてゆるく橋越す思春期らし

わが紙白し遠く陽当る荷役あり

豹が好きな子霧中の白い船具

と「白」をきわだたせた句をつくっている。色彩学の面から兜太俳句を分析していくのも面白いかも知れない。

句集『金子兜太句集』

青年鹿を愛せり嵐の斜面にて

初出は、「風」昭和三十年十月号。

「丹波にて」と題して発表した中より。他の作品には、

車窓より拳現われ旱魃田
汽関車頭部まず着き汗の汽関手着く
健康な子等の発声風のいなご

などがあるが、「青年鹿を」の句は突出して佳句である。

兜太は、この句について、次のように書いている。

六甲山中腹のあたりで出会った青年の印象を、こういう映像で書きだそうとしたのです。

青年は、こころ優しく、意思強きものの像を私のなかに止めてくれました。

（『わが戦後俳句史』昭和60年 岩波書店・刊）

この句、「青年鹿を愛せり」だけでは、まだ一句の輪郭ははっきり見えてこないが、「嵐の斜面にて」と置くことによって、旧来の俳句には見られない清新さをこの一句は獲得している。実景は、山腹の青年。「鹿を愛せり嵐の斜面にて」は、実景から飛躍して、新たに創造された詩の世界である。

鹿はニホンジカ、四肢は細く走行が鮮やか。また、柔和な目をもちながら俊敏でもある。この句の青年にも鹿にも、ある清潔感とバイタリティを感じるが、その青年と鹿を嵐の斜面に立たせることにより、作者の深い思いと意思を感得することができる。

この年、兜太は三十六歳。俳句専念を決意する前年であった。嵐の斜面に立つ青年の形姿からは、どこか兜太の姿も重なって見えるようである。

翌年の昭和三十一年には、「寒雷」の東京大会で「新しい俳句について」と題して講演。はじめて「造型」の語を使ったが、実景を主体的に捉え、そこに新たな存在としての実在感を創り出すという試みが、この句では成功していよう。

人生冴えて幼稚園より深夜の曲

句集『金子兜太句集』

初出は、「風」昭和三十一年一月号。

昭和三十一年は、兜太にとって人生の大きな節目になった年でもある。前年に第一句集の『少年』を上梓し、三十一年にはこの『少年』によって、第五回現代俳句協会賞を受賞している。その節目についてのことを、兜太は次のように書いている。

> 昭和三十一年（一九五六）の初秋、わたしは〈俳句専念〉を決めた。
>
> 従業員組合から離れて福島支店に転勤のとき、いまさらポストに恋々とするな、それにこだわることは、復員のときこころに決めてきたことには副《そ》わない。オポチュニストということになる、自分の所信を優先させるべし、といいきかせていた（略）。
>
> しかし、減点の過去は付いてまわった。なにかといえばそれに結び付けること、どこの社会でも同じだが、日銀というところは格別敏感といえる。ことに神戸支店に来てそれを痛感

することとなり（略）、俳句が主、日銀は従、と決めた次第だった。

（『俳句専念』平成11年　筑摩書房・刊）

「復員のときこころに決めてきたこと」というのは、反戦平和を無にしないように、それを生かす生き方をしようという意である。

「人生冴えて」の句からは、そのような人生の大きな節目の決断を、熟慮を重ねて行った経緯が読み取れよう。兜太三十七歳。

住まいの近くの幼稚園からか。中句・下句で「幼稚園より深夜の曲」と置いているが、実際、深夜の幼稚園より曲が聞こえてきたわけではなかろう。が、しかし、人生の来し方と行方を凝視していると、あらためて自らを覚醒してくれるように深夜の曲が聞こえてくるように思えたのだろう。なによりも、「幼稚園より」がよい。無垢な心が集う場所、そこからの深夜の曲は、世俗の雑念を払拭し、澄んでいく心は、いっそう自らの存在とその理由について透視し、問いかけているようにも思えてくる。

上句七音の「人生冴えて」が、中句・下句の「幼稚園より深夜の曲」を得て説得力をもったが、人生への覚悟について、兜太の気持ちがひしひしと伝わってくる一句である。

朝はじまる海へ突込む鷗の死

句集『金子兜太句集』

初出は、「俳句」昭和三十一年七月号。「港湾」という題で二十五句発表した冒頭に置かれた句。他の句では、

山上の妻白泡の貨物船
強し青年干潟に玉葱腐る日も

などの作品がある。「朝はじまる」の句に触れて兜太は、次のように書いている。

神戸港の空にも防波堤にもたくさんの鷗がいて、ときどき海に突込んでは魚をくわえてきました。私はそれを見ながら、トラック島の珊瑚の海に突込んで散華《さんげ》した零戦搭乗員の姿をおもい浮かべて、〈死んで生きる〉とつぶやいていたものでした。

（『わが戦後俳句史』昭和60年 岩波書店・刊）

神戸港を散策した折の句といってよいが、鷗の自由な飛翔を見ているうちに、不意に戦争体験の記憶が鮮烈に脳裏をよぎったのだろう。海に突っ込む鷗の姿態は、青春の渦中に命を放擲せざるを得なかった若者のイメージと重なっている。

爽やかな朝の〈始まり〉、その中に突如訪れる具体としての〈死〉、終結。斬新な印象の句であるが、妙な暗さはない。むしろ再生への明るい輝きを感得することができるが、これは、ひとえに作者の生への飽くなき希求のなせる術であろう。それにしても、

わが戦後終らず朝日影長しよ　　句集『狡童』

の句が後年になってもあるが、戦争体験の傷痕の深さを改めて知る思いがする。

句集『金子兜太句集』

句集『金子兜太句集』は、句集『少年』をまるごと前半で収録。後半は神戸・長崎、それに東京に戻ってからの新たな作品三一一句を収録している（昭和三十年から三十六年はじめにかけての作品）。この句集は、戦後俳句の潮流を形成してきた主要な作品が網羅されていることからも重要なもの。兜太三十代から四十代はじめにかけての作品である。

銀行員等朝より螢光す烏賊のごとく

句集『金子兜太句集』

初出は、「俳句」昭和三十一年七月号。

前頁の「朝はじまる」の句と一緒に発表された。この句について兜太は、「俳句の造型について（續）」（「俳句」昭和32年3月号）で、制作過程を次のように書いている。

前日、尾道から帰ってきました。尾道では向島にある水族館をみましたが、烏賊が青白い光を体内に発光しつゝ泳いでいる様子が至極印象的でした。朝、潮風と日焼でやゝ粘々した皮膚に健康感を覚えながら銀行へ出勤します。（略）店内は天井は高いのですが壁が多いため薄暗く、一人一人の前の蛍光燈がつけられ、その光に依存します。静かに、朝のきれいな空気のなかで、しかも薄暗いなかで、みなやゝ背をまるめ（規程集など――筆者註）読んでいます。深海に蛍光を発しつゝたゝずまう烏賊のような状態―僕はそう結論します。（略）僕は座席に座って、これは俳句にしないといけないと思いはじめました。新聞を読んでいるふりをしてその感覚の吟味に取りかゝりました。僕の「創る自分」が活動を開始したわけです。（略）暗い朝の店内の人達は、一人一人がわびしく蛍光を抱き、しかし魚族特有の生々した肢体で、イメージのなかに定着したのでした。これでよし、と僕は思いました。銀行員等――の「等」も従って必然の言葉なのです。群としての銀行員が大切なのでした。

この句は、兜太が唱えた「造型俳句」論に基づいた最初の成果となった句である。造型論の目指すところは、従来の方法はいずれも対象と自己との直接結合としての素朴な方法であるとみなし、これに対し「造型」は、作品を創造する過程において、対象と自己との中間に「創る自分」を設け、その意識活動を通して、主としてイメージによって作者の内面意識を造型しようというものであった。

また、〔感覚を通して自分の環境（社会といってもよい）と客観的存在としての自分との両方に接触しつゝ、意識に堆積されてくるもの〕を「現実」として尊重し、これを表現するのが現代俳句の新しい在り方とした。

銀行員の態様といったものが、烏賊によって暗喩された句である（「ごとく」は直喩といえるが内実は暗喩として活用されている）。斬新なイメージに込められた批判精神が潜在している句であることに、注視しておきたい。

彎曲し火傷し爆心地のマラソン

句集『金子兜太句集』

初出は、「風」昭和三十三年四月号。

年譜では、〔一月、長崎支店に転勤。隈治人に会う。原爆被災の浦上天守堂に近い山里の行舎に住む。「彎曲し火傷し爆心地のマラソン」を得。真土、山里小学校に転校。皆子雀を育てる。稲佐山の夕景、グビロヶ丘、原爆忌俳句大会。春、飯田龍太来、晩夏沢木夫妻、太郎、西垣脩、小田保来。『短歌長崎』主宰小山誉美に会う。五島列島、雲仙、唐津、佐世保、門司、野母半島にゆく〕とある。兜太三十九歳。三十五年四月までの二年半にわたる長崎での生活であった。

長崎の行舎に住むようになってからは、時間を見つけては爆心地周辺を歩き、いたるところに被爆の傷あとが残っているのを見聞してつくったのが「彎曲し」の句。

兜太はこの句について、次のように書いている。

ある晩、なんとなく国語辞典を繰っていた私は、ふと「彎曲」という文字に気付いて、眼が離れなくなった。しばらく見つめているうちに、さらに、「火傷」ということばが出てきたのである。そして、その二つのことばを背負うように、長距離ランナーの映像《イメージ》があらわれて、その人は、いまこの地帯で生活している人々と重なった。しかし、次の瞬間、その肉体は「彎曲し」そして「火傷」をあらわにしたのだった。

（「定型と人間」『わたしの俳句入門』昭和52年　有斐閣・刊）

「造型」の方法が鮮明な句である。「創る自分」の意識活動が活発に行われ、イメージの重層が見られる。

それは「彎曲し火傷し爆心地の」と、原爆投下の地という強烈なイメージとリズムを重層させることにより、爆心地としての長崎の惨状を浮かびあがらせ、そこに「マラソン」を配することで、時間を現在へと引き寄せ、長崎の街をマラソンランナーが体を曲げて、喘ぎながら力走していくイメージを二重写しさせている。

そして、このマラソンランナーのイメージは、また原爆投下の惨状へと遡行し、時代を経ても消えない精神の傷痕に訴えてくる。「彎曲し火傷し」に、なまなましい現実性と飛躍したイメージが重なっている。「火傷し」は、「かしょうし」と読む。

句集『金子兜太句集』

華麗な墓原女陰あらわに村眠り

句集『金子兜太句集』

初出は、「俳句研究」昭和三十三年十二月号。

「長崎」と題して発表した二十句より。

長崎時代の兜太は、原爆被災の中心部（爆心地）を歩いて、原爆呪咀の句を残したが、一方、キリシタン殉教の地への想いも深めていった。

青濁の沼ありしかキリシタン刑場
司教にある蒼白の丘疾風《はやて》の鳥
殉教の島薄明に錆びゆく斧

などの句がある。この重層した想念のなかに「華麗な墓原」の句を置いてよい。

この一句は、長崎県の野母半島の突端の、貧しい半農半魚の村に行ったときの句。鰯が来なくなって零落し、昼も眠っているような、ひどく貧しい村落。それにしては大きく華麗といっていいほどの墓地。その不釣り合いな対照に戸惑いつつ兜太は、次のように自句自解している。

（略）もっとも楽天的だが、もっとも悲惨なものは、この村で行なわれている性行為ではなかろうか。それは貧困と汚濁の無目的な生活のなかでは、無上の快楽であるだけに、底なしの虚脱でもあろう。（略）性のなかに死滅してゆく人々にとって死はやはり最大の恐怖であるに違いない。だから、あんなに墓を飾るのだ、と。ぼくは、自分の感じの焦点を、性という無上の生の営みと死者との対比のなかに置き得ると、気付きました。だから性を暗く、死者を華やかに、つまり逆に示すことによって、陰鬱を示すことが、一番適当のように思えました。

（「造型俳句六章」「俳句」昭和36年6月号）

中句の「女陰あらわに」からは、生ある者の根源のかなしみが感得できるが、貧しい村落の因習が象徴されていよう。死後の世界にしか安穏を求められない村落、そこからは隠れキリシタンのイメージさえ窺えそうだ。

この一句、なによりもダイナミックな構図からは、兜太の抽象力の大きさと、対象への迫り方に、能動的な姿勢を感じ取ることができよう。

冬森を管楽器ゆく蕩児のごと

句集『金子兜太句集』

初出は、「俳句」昭和三十四年一月号。

「長崎」と題して発表した十五句より。

昭和三十四年といえば、俳壇では前衛俳句が喧伝された時期であったが、俳句における前衛について、兜太は次のように書いている。


前衛という言葉は誤解を呼びやすいが、素朴に、既成の枠にとらわれず何よりも自分の実感に忠実、しかも積極的に実現している人たち。（「日本読書新聞」昭和34年11月21日号）

さて、「冬森を」の句であるが、〔長崎・諏訪神社の森。そこには樟の大樹やピエルロチの像があった〕（「自選五十句自註」「寒雷」昭和40年10月号）とも兜太は書いていた。

冬でも、光が降りそそぐ照葉樹林の神社の森。その森に沿った道を、トランペットやフルート、クラリネットを中心にした管楽器の少年の一隊が通り過ぎてゆくのだ。祭の楽隊か、学校の部活動の一環か。その非日常の時間の楽団の一群を、「蕩児のごと」と捉えたところが、少年たちの柔らかい魂を素手で掬いあげていて、いかにも爽やかである。この句には、リズムも心地よいものがある。青く澄んだ空と光る照葉樹林、冬の空気を震わせながら行く少年の楽隊が見えるようである。

〈少年〉といえば、同じく長崎時代の、

森のおわり塀に球打つ少年いて

も忘れがたい句である。この時期の作品には、理論先行の句や、やや過剰と思えるほど言葉を駆使して一句を完成しているものも散見されるが、やはり兜太俳句の持味の一つは、清冽な叙情にあろう。

この句、「森のおわり」をどう読むか。森を、成長過程としての思春期の狭間にある喩というようにも読めようか。そこで塀に向かって一人、白球を打つ少年は、一見、晴朗に見えるが、屈折感を秘めている。

粉屋が哭《な》く山を駈けおりてきた俺に

句集『金子兜太句集』

初出は、「俳句」昭和三十五年十月号。

「海程」と題して発表した一〇〇句より。

風頭山の凧《はた》揚げは、長崎ならではの名物といわれているが、ここで凧揚げをしたあと、山を下ったとき成った句。

この句について兜太は、次のように書いている。


山をゆっくりと下りてゆくうち、ふと、この山麓に、れいの製粉所のおやじがいるのではないか、と思いはじめた。まったく突然そう思いはじめたのだが、その連想は、おそらく、山を下りるリズミカルな歩調と、山の陽に焼けた爽快な野生の気分とから織り出されたものにちがいない。（略）すぐ俳句ができた。何故、そのおやじが泣くことになってしまったのか分らない。ただあの楽天的で元気のよいおやじは、実は泣いているのだ、という逆説的な気持がぼくのなかにあったことは事実だろう。
（「俳句誕生」「俳句」昭和36年9月号）

文中の「れいの製粉所」というのは、勤め先からの帰途、よく見かける一軒の製粉工場。煤けた電燈と鈍く響く機械の音。

通勤途上でよく見る製粉所の情景が、凧揚げのあと山を下る心地よいリズム感のなかで咄嗟に呼び覚まされたのだろう。前掲の「俳句誕生」では、〔いつか郷里の秩父の町を思いだす〕とも書いていた。

兜太の俳句には、初期の作品から一貫して、秩父の土着の精神が都会に出てからも摩滅することなく生きつづけている。発想の根っこのところでは、郷里の秩父が陰になり陽になり貌を出しているのを知ることができる。

昭和三十四年の早春には、長崎寒雷支部の主催で兜太を中心とする吟行会が行われ、長崎市の郊外の製粉所で、

暗い 製 粉 言 葉 の よ う に 鼠 湧 か せ

の句をつくっている。この作品の延長線上に「粉屋」の句を置いてみてもよいだろう。

果樹園がシャツ一枚の俺の孤島

句集『金子兜太句集』

初出は、「俳句」昭和三十五年十月号。

前頁の「粉屋が哭《な》く」の句と同じく、「海程」一〇〇句より。同時発表の作品には、

夜々俺のドア叩くケロイドの枯木　（「Ⅰ長崎にて」より）
貧農昇天キリストよりも蒼い土へ　（「Ⅱ島原にて」より）
黒い桜島折れた銃床海を走り　（「Ⅲ鹿児島にて」より）
夜の航武器のごとくにバナナを持ち　（「Ⅳ長崎―東京」より）
肉を喰う野の饗宴の妻あわれ　（「Ⅴ東京にて」より）
泳ぐ子と静かな親の森のプール　（　〃　）
デモ流れるデモ犠牲者を階に寝かせ　（　〃　）
爆撃の赤禿げのわが青春の島嶼　（「トラック島回想」より）

といった注目すべき作品がある。

兜太が長崎から東京の日銀本店に戻ったのは、この年の五月であった。東京では、杉並区沓掛町（現在は、今川）の行舎に住んだが、当時、まだ梨の果樹園が一か所あったという。「果樹園が」の句について、兜太は次のように書いている。

実の時期の重なり合った葉と、その下にいて触れる強い太陽の匂《にお》いが好きだ。横に出て見上げる空は、ぎらぎらした青空だ。そんな時期にできた作だが、シャツ一枚の身軽な気持と、緑の果樹園は、私を解放してくれる。果樹園が自分の城のように思え、城主のように自由になる。（略）この果樹園は陸の孤島であり、自分はその孤島の主《あるじ》。孤独に羽搏《はばた》く不逞《ふてい》の男といった気分である。

（『今日の俳句』昭和40年 光文社・刊）

「果樹園が」の句の基底にある孤独感は、現代人の忌避することのできないものであるが、「シャツ一枚の」の措辞によってもたらされた透明感は兜太のもの。爽快感のある骨太の作品にしている。また、現代的な音律の響きは口語調の効果であろう。

わが湖《うみ》あり日蔭真暗な虎があり

句集『金子兜太句集』

初出は、「俳句」昭和三十六年二月号。

「虎」と題して発表した八句より。

この年は兜太にとって多事の年であった。総合俳句誌「俳句」一月号から六回にわたり、〈造型俳句〉論の総決算ともいうべき「造型俳句六章」を連載。『金子兜太句集』を風発行所より上梓。といった意欲的な取り組みを示す一方、兜太も選考委員をつとめた現代俳句協会賞の選考が揉め、協会が分裂。十二月に俳人協会が発足した。その渦中で、中村草田男と朝日新聞紙上で二回にわたって論争をした。この句について、兜太は次のように書いている。

長崎から東京に移って、どこかの山湖に出かけたときの句。初夏。湖は厚い緑で囲まれ、その日蔭に虎をひそませることは容易だった。想像のなかで、湖は自分の領域となり、虎は待機の姿勢を充実させて、黒黒と伏せていた。

待機といっても、次の行動への野心といったものではない。私の場合、社会的行動はすでに頓挫していて、もっぱら自分いちにんに執し、その〈主体の表現〉を俳句にもとめていた。方法を〈造型〉と名付けて書いているうちに、いつのまにか「前衛」というものになってい て「啓蒙家」といわれ、（略）私にとって、〈自由〉こそすべてで、自ら〈自由人〉たらんとして俳句をいじりまわしていたのに、なかなかツボにはまった渾名がもらえなかったようである。

（「自作ノート」『現代俳句全集 二』昭和52年 立風書房・刊）

「二句とも山中湖畔での作」（「自選五十句自註」「寒雷」昭和40年10月号）として、

遠く銅色の湖《うみ》先行の群にいて

の次に「わが湖《うみ》あり」の句を置いているので、山中湖での作である。造型俳句が詩的表現の次元において遂行された句。「わが湖《うみ》」は、作者の内部にある湖。湖畔の日蔭に黒々と潜む虎を隠喩によって、人間の心の奥深くに飼っている、自らも御しがたい心性を十全に造型している。反復の叙法も歯切れがよい。兜太の自在であることへのやみがたい精神の欲求が、湖の虎によって、あますところなく表出されていよう。

人体冷えて

潮かぶる家に耳冴え海の始め　　句集『蜿蜿』

初出は、「海程」昭和三十七年四月・創刊号。創刊号に発表された五句の巻頭に置かれた作品。俳誌「海程」に賭ける思いが、ひしひしと伝わってくる句である。兜太四十三歳。

同時に発表された四句は、次のような作品であった。

魚群のごと虚栄の家族ひらめき合う
だれも口美し晩夏のジャズ一団
遠い一つの窓黒い背が日暮れ耐える
　富沢赤黄男の死
知己等地の弾痕となる湖の死者

「潮かぶる」の句。「海程」という俳句同人集団を旗揚げする決意が、海辺の家に託されて、ひしひしと伝わってくる。下句を「海の始め」としているが、数年にわたって神戸・長崎という海辺の街に住んだことや、「海程」という俳誌名のことも念頭に置いての一句といえよう。

昭和三十四年には、高浜虚子が逝去。三十六年には、現代俳句協会の分裂、俳人協会の誕生とつづいたが、その翌年の「海程」創刊であった。

代表同人の兜太は「創刊のことば」で、現代俳句の拠点づくりへの抱負を語っている。

　現代ただいまのわれわれの感情や思想を、自由に、しかも一人一人の個性を百パーセント発揮するかたちで（略）、また約束（季語・季題）というものに拘泥したくない（略）。自然とともに、社会の言葉でも装ってやりたい。

創刊同人は三十名。芦田淑、井倉宏、大井雅人、小田保、金子兜太、河本泰、隈治人、小山清峯、境三郎、上月章、酒井弘司、佐藤豹一郎、島田暉子、鷲見流一、谷口視哉、津田鉄夫、出沢珊太郎、仲上隆夫、八反田宏、林田紀音夫、藤原七兎、堀葦男、前川弘明、益田清、嶺伸六、柳原天風子、山口雅風子、山崎あきら、山中葛子、米沢和人。

創刊号の裏表紙には、五十音順で住所録が掲載されている。

どれも口美し晩夏のジャズ一団

句集『蜿蜿』

初出は、「海程」昭和三十七年四月・創刊号。

この句は、個人的にも思い出のある作品である。句のつくられた現場に、居合わせるという偶然に恵まれた。

俳誌「秋」に、石原八束さんの好意で書かせていただいた「沼の髭――金子兜太素描」（昭和38年4月号）で、一句が誕生する経緯を次のように書いた。


「海程」が創刊になる前だったから、たしか昨年の三月である。四谷の駅前で九州から出てきた前川弘明と三人で会う約束になっていて、ぼくは時間ぎりぎりかけつけた。駅を見おろす高台で、なにやら笑いながら弘明と話していた兜太氏は、ぼくを見つけるなり、いつものように愛想のいい口をすぼめながら「よお！」と声をかけてきた。ときたま、ぼくには、「よお！」とも「おお！」ともこの声が聞えるのであるが、それがいつのまにかお互いのあいさつになっ

てしまった。（略）
その夜は弘明と三人新宿に出て、喫茶店でラテン音楽のバンドを聴いた。照明された舞台から爆発するエネルギーにじっと眼と耳を向けていた兜太氏は、「ボンゴはパンチがきいて清々するなあ」と快活に言った。つづけてボンゴを打っている男に向かって「あの髭も男らしくていいじゃあないか」と追い打ちをかけるようにつけくわえた。とうとう家（杉並区沓掛町）に帰るまでそんなことを喋っていたが、突如堰をきったように口にしたのが「だれも口美し」の句であった。

やや長い引用になってしまったが、「晩夏のジャズ一団」としたが、実際は早春の作であった。一句の発表は、翌年の「海程」創刊号。初出では、上句は「だれも」であったが、のちに「どれも」に直された。

兜太は、〔「どれも口美し〇〇のジャズ一団」まではもっていったが、決めての〇〇が決まらなかったとき、ふと、晩夏の光を思い出し、そして、ジャズの人たちの口の赤さが、そのとたん、さらに鮮明になる思いにとらわれたのである〕（『今日の俳句』昭和40年 光文社・刊）と書いていた。

霧の村石を投《ほ》うらば父母散らん　　句集『蜿蜿』

初出は、「海程」昭和三十七年六月・第2号。
兜太は、故郷の秩父での幼年時代を回想して、次のように書いている。

昭和元年、国神村から、荒川（隅田河《ママ》）の上流を越えて、皆野《みなの》村の小学校に入学した。皆野には父の親や妹たちがいたが、対岸の国神村にひとまづ開業（診療所—筆者註）したのである。私は、山の迫った谷川の橋を渡って、一人で通学した。小学校まで、優に五粁はある。（略）そんなことが数ケ月つづいたあと、皆野の祖父母の家に預けられ、翌年、町制が敷かれてから間もなく、父は皆野のその家を改造して、そこに開業した。いま思うと、長い道を通ったときの川の音や山の近く暗い影が実に鮮明に私の感情の中に刻まれているのを知る。
（「俳句以前——中学の頃まで」「俳句研究」昭和42年6月号）

つづけて、中学時代になってのことも、〔祖母と叔母たちが集まると何となく矢が母に向う、その〈家〉のもつ生理が気に入らなかった。（略）〈家〉というものを暗く感じだした〕とも書いていた。

「霧の村」の句。兜太の生い育った秩父は、山峡なので秋になると霧が深い。文字通りの霧の村の出現といってよいだろう。兜太にとっては、今も胸中で生き続けている原郷の風景である。

この句に込められた作者の思いは、故郷への愛憎である。山国を出ることなく暮らす老いた父母には、憐れみをもった眼差しで「石を投《ほ》うらば」と書く。石を投げたら飛び散ってしまうほどなのに、というのだ。また老いた父母の背後には、山峡の人々の貌も見えてくる。父祖の霊を含めての故郷への愛憎が、この句には込められている。それは長子として家業を継がず上京した作者にとって、血に繋がる父母への断ちがたい思いと、古い因習によってしか日常生活が動かない村落共同体への反発という、両面の愛憎といえよう。

だから、この句は、一度故郷を出た者でなくては書けない句でもある。そこには、故郷への母胎憧憬への思いと、故郷を撃つ形姿とが二重写しに見え隠れしている。

ちょうど、第一次産業の解体が進みはじめた時期の作。

無神の旅あかつき岬をマッチで燃し　　句集『蜿蜒』

初出は、「俳句」昭和三十八年五月号。特集「続・現代俳句の百人」で、この一句が発表されている。想を得たのは、前年の八月、青森県八戸の豊山千蔭居に泊り、竜飛崎に遊んだときのもの。

手を挙げ会う雲美しき津軽の友

など、句集『蜿蜒』では、「Ⅲ　竜飛岬《(ママ)》にて」として十九句を収録している。「無神の旅」の一句は、半年以上たってから発表された作であるが、兜太の句ではよくあることである。それだけ、じっくりと体内で言葉が熟成する時間を待つという作り方をする俳人でもある。「無神の旅」の句について、兜太は、次のように書いている。

竜飛岬にゆき、夜明けに起きて、ひとり岬の突端を歩いた。タバコに火をつけると、火は岩肌を照らし、岬全体を燃した。竜飛岬は燃えながら遠のいて、一本の黒い指のように小さくなり、そしてまた戻ってきた。妙に、自分と、この荒涼たる岬の夜明けの実在感が鮮明だったのである。

それだけにかえって、私は神を感じた。（略）私は無神論者だが、こんなときは、その「無神」ということばが、ひどく感傷的にひびきもするのである。

（「自作ノート」『現代俳句全集 二』昭和52年 立風書房・刊）

この句の「旅」をどう読むか。非日常の時間としての旅というよりは、日常の時間――生の積み重ねとしての過程を、この句では「旅」として捉えている。

「あかつき岬をマッチで燃し」――生の一瞬を燃焼しながら岬を行く生の旅人としての現代人。どこか孤独な陰影が見え隠れする。そういえば、カミュの『シジフォスの神話』を思ったりもする。自らの肉体と精神を恃み、今生こそが〈わが生〉のすべてとする兜太は、そこで「私は無神論者だが」と書くことになるのだろう。

この一句。非業の死を遂げた戦友たちと、今この世にある自らの生をどこか揺曳している句のようにも見える。

育つ樅は霧中に百年の樅は灯に

句集『蜿蜿』

初出は、「海程」昭和三十八年八月・第9号。

年譜では、〔正月一日、起きぬけに『海程』巻頭言「詩に立つ」を書く。日記に「いままで年をとることを計算していなかった。今年からは計算に入れたい」と記す。四月、「海程」創刊全国俳句大会を浅草伝法院で開催。盛況なり。盛夏秩父三峯山頂で第一回勉強会〕とある。岡井隆との共著『短詩型文学論』（紀伊国書店・刊）を上梓したのも、この年であった。兜太四十四歳。

この句について兜太は、〔軽井沢にて。実景であるが、多少は自戒の意もこもっている〕（「自選五十句自註」「寒雷」昭和40年10月号）と書いている。句集『蜿蜿』では、「軽井沢にて」として、

霧中疾走創る言葉はいきいき吐かれ

鳥と蛇を喰う信州の青空踏む

などの句とともに、「育つ樅は」の句は発表されている。

樅の木は、日本特産の常緑針葉樹。大きいものは高さ四〇メートル、直径二メートルにもなる。

この句の景は夕暮、もう灯ともしころの時間であろう。樅が群生しているなか、まだ背丈ほどの樅もあれば、夜空に抜きんでるように聳え立つ樅もある。作者は、高原の清澄な空気の流れるなかで、樅の群生と一緒に在る時間を豊かに享受している。

「百年の樅は灯に」——羽をひろげるように聳え立つ大木の樅の木は、ホテルからの漏れる灯を受けて、夜の闇に浮き立っているのだろう。まだ小さな樅は懸命に霧の中で生き、大木の樅は、ゆったりと灯を受けとめる余裕をもって生きている。

この句で、兜太が強調したかったのは、「育つ樅は霧中に」というところ。自分と重ね合わせて、俳句への意図的な取り組みを鼓舞しているようにも読める。

「多少は自戒の意もこもっている」と書いたのは、そうした意があったからだろう。

句集としては第三冊目に刊行された『蜿蜿』は、昭和三十六年四月から四十二年七月までの作品三〇〇句を収録。兜太四十一歳から四十七歳までの作品である。

風樹をめぐる托鉢に似た二三の子　　句集『蜿蜿』

初出は、「海程」昭和三十八年十月・第10号。
「風樹をめぐる」の句は、

星近づけて馬洗う流域富ますべく
楡とともに陽をかなしめばローラー行く

と一緒に発表された。「海程」の初期は同人誌（隔月刊）であったので、兜太も他の同人と同様、毎号三句を発表している。後句、中句の「陽を」は、のちに「空」に直された。

「風樹をめぐる」の句を読むと、いつもどういうわけか、吉岡実の詩、「僧侶」を思い出すから不思議である。

四人の僧侶／庭園をそぞろ歩き／ときに黒い布を巻きあげる／棒の形／憎しみもなしに／若い女を叩く／こうもりが叫ぶまで／一人は食事をつくる／一人は罪人を探しにゆく／一人は自瀆／一人は女に殺される

九連から成る詩の冒頭の一連である。兜太の「風樹をめぐる」の句には、この吉岡の暗喩で成り立った詩のもつ強烈なイメージは感じられない。どちらかといえばモノトーンの静謐な世界である。

「風樹」は、風に吹かれて揺れ騒ぐ木の謂であるが、その大木を廻って遊んでいる数人の子どもを詠んだ句。坊主頭か、頭を短く刈った子どもたちの所作は、嬉々としているというよりは、どこか修行僧の趣がある。それは「めぐる」といった静的な措辞や「托鉢に似た」という表現に負うところが大きい。

そのように読んでくると、「風樹」は、釈尊が樹下に座して悟りを開いたと伝えられるインドボダイジュの大木に見えてきたりする。

また漢詩「風樹の嘆《たん》」での「樹《き》静かならんと欲すれども風やまず、子養はんと欲すれども、親待たず」という情景を、どこかで想起する句でもある。

三日月がめそめそといる米の飯　句集『蜿蜿』

初出は、「海程」昭和四十年二月・第18号。

東京に戻ってからの兜太の作品は、故郷の秩父に目を向けた句も見られるようになる。高度経済成長のなか、第一次産業が危うくなり、家族のシステムも変質していくという過渡期を、怜悧な目で捉えた句をこの時期に残している。

僻遠に青田むしろのごと捨てられ

森の奥のわれの緑地が掘られている

これらの句は、現代社会に対しての批評を十分に具備した作品であるが、「三日月が」の句は、ものとしての「三日月」と「米の飯」を通して、日本人の精神構造の基底をかいま見せてくれている。兜太は、自句自解で次のように書いている。

山間の宿でできた句だが、晩秋の夜の山空には、三日月が鋭くかかっていた。茶碗に米の飯。その白さと三日月が、かすかに照り合って、目のまえの飯のなかに、三日月がきている印象だった。しかも鋭いくせに「めそめそ」と。米の飯のように「めそめそ」と。（略）いま一つ、この句での自覚は、三日月と米の飯の、物そのものの感じ、つまり、物としての質感をとらえ得たことで、これを私は〈物象感〉といっている。

（「自作ノート」『現代俳句全集 二』昭和52年 立風書房・刊）

「めそめそといる」のは、三日月であると同時に米の飯にもかかっている。この「めそめそ」の擬態語は、いかにも兜太の生理から湧き出た実感の一語。この一語によって、一句をゆるぎないものにした。「めそめそといる」の「いる」の捉え方が確か。

わたしたちは、弥生時代以来「米の飯」との食生活の歴史を背負っているが、米食中心の食生活になったのはそんなに古いことではない。山国・秩父を故郷にもつ兜太は、麺類好きというが、田の少ない地方では第二次世界大戦後も蕎麦やうどんが中心であった。だからよけいに、「米の飯」への思いも深いものがあるのだろう。

それにしても、日本民族の基底をながれる精神風土を形成してきた「三日月」と「米の飯」。そのものとしての質感をうまく捉えた。秩父・三峰山上の宿での作。

鹿のかたちの流木空に水の流れ

句集『蜿蜿』

初出は、「海程」昭和四十二年八月号。

年譜では、〔五月、掘葦男夫妻、皆子と再び青森へ。成田千空に連れられ津軽十三湊《とさ》に泊り、弘前、秋田へ〕とある。年譜で「再び」と書いているが、四十年の年譜を見ると、〔九月、『暖鳥』（代表吹田孤蓬）大会で皆子と青森にゆき、徳差青良に連れられ、青森秋田の俳人諸公と下北半島尻屋崎、薬研温泉に遊ぶ〕とある、そのことを指している。

この青森行きの旅の作品は、「東北・青森にて（七句）」として、句集『蜿蜿』では収録されている。

この句は、津軽半島の十三湊でのもの。十三湊は、十三湖岸にあった港。現在では、港としての重要性は失われてしまったが、鎌倉時代から室町時代にかけて繁栄した。

この湊から日本海を一望しての句か。岩木川から海に流れ出たものか、その流木が潮の流れにのって海面を流れてゆく。よく見ると、鹿のいのちあるかたちに見える。流木の枝が角となって腹部を海面に浸して流れていく。その流木の前景も後景も潮の流れ。後景の海が切れるあたりから空が広がっているが、ここにも水の流れを実感している。「鹿のかたちの流木」が流れる海から、目線は空に向かって、空にも海流が流れているのを作者は、からだを通して感じているのである。海も人も流木も、刻々、変容していくいのちあるものとして捉えられている。

兜太は、神戸・長崎と、海に縁の深い街に住んできたが、海に対面しての句は、どれも生き生きしている。山国で少年時代を過ごした者にとっては、海はつねに憧憬の的であっただけに、より清新な感受が見られる。

東北の海の句では、もう一つ忘れられない句がある。

海流ついに見えねど海流と暮らす

この句は、昭和四十年秋、下北半島尻屋崎での作。ここでは「海流」の実体も「暮らす」人間の状態も眼にはさだかでないのだが、この句から感受できるのは、太古からの地球の姿をそのままに掴んだ悠久の世界である。

人体冷えて東北白い花盛り

句集『蜿蜿』

初出は、「海程」昭和四十二年八月号。

前頁の「鹿のかたちの」の句と一緒に発表された。青森へ旅したときの句。五月四日、十三湖から弘前を経て、秋田へ向かう途中での作。津軽は花の真っ盛りの季節。兜太には東北を旅しての作品に佳句が多いが、霊気や生命力をもらう土地なのであろうか。

上句の「人体冷えて」という捉え方から、冷えびえとした体感を通して、東北の初夏の風土のもつ美感が清冽に捉えられている。

また、明治以降、使われるようになった「東北」という固有名詞を、兜太は意識して効果的に使っている。この「東北」という言葉には、日本の中心からみて奥地を意味する「道奥国《みちのく》」と呼ばれた、大化改新（六四五年）の時代からの言葉の伝統も、潜んでいることを承知しておきたい。

青森の五月は、関東地方よりも一足遅く、待っていたように春から初夏の花が、いっせいに開花する。「白い花盛り」からは、桜、辛夷、白木蓮、コデマリ、林檎、梨の花を思うが、ある一つの花でなく、これら一連の白い花を次々に眼にしたという理解のほうが、この句には似つかわしい。長く厳しい冬を耐えて開花した花の白さが、肉体の冷えを通して冷えびえしたものとして体感されているのである。また、「人体」という詩語になりにくい言葉をうまく生かした。

兜太は、句集『蜿蜿』の後記で、

（略）眼前に岩があり、その岩の肉体の温さと等温のように自分の肉体が、ここに息づいていることに気付く。青空が自分の体内の細胞一つ一つに冷たくしみ込んでいることも知る。突然、遠い時代の祖先が、髭むしゃで草原を走る。神楽歌がとびこむ。

だから、たとえば〈自然〉と言っても、こうした、自分の肉体で承知した自然しか信用しなくなる。眼でみ、耳で聞き、鼻でかぐだけの自然では十分ではない。

と書いていた。じかに体感し、肉体を通して確かに承知したもの。兜太の自然観を、ここに見ておいてよいであろう。

句集『蜿蜿』の時代に入って、表現も平明化してきている。

涙なし蝶かんかんと触れ合いて　　　句集『暗緑地誌』

昭和四十二年の作。

「海程」昭和四十二年九月号の編集後記で、兜太は、〔七月二十八日に熊谷の小舎に引越して、いまのところアタフタしています。ただ、林と青田から湧く空気は旨く、夜は静かで熟睡をほしいままにできます。ここに根を据えて、人間と自然を見定めてやろうと思っています〕と書いている。

東京杉並の日銀行舎での生活は、昭和三十五年五月からだったから、東京在住は、丸七年。兜太の誕生日は九月なので、四十七歳で新居での生活を迎えたことになる。

ただ、熊谷を終の住処とすることについては、すんなりいったわけではなかった。そのへんに触れて、次のように書いている。

家を建てるについては、わたしは都内のマンションが面倒がなくてよいと話していたのだが、妻（皆子）はいつになく強く反対した。「土の上にいないと、あなたは駄目になります」。そして、さっさと熊谷とのあいだを往き来して決めてしまったのである。熊谷にはわたしと皆子の母校があり、皆子の妹が嫁いできている。郷里の秩父も近い。定年退職するまでの七年間、ここから日銀本店に通った。

（「私の履歴書」「日本経済新聞」平成8年7月）

この句、熊谷の夏の陽ざしのなか、蝶を見ていて得た一句。なによりも、蝶が触れ合う音を、「かんかん」という擬音で捉えたところに、この句の手柄があろう。それは、蝶の生命を直感で確かに捉えているからだ。蝶の触れ合う乾いた金属性の音が聞こえてくるのである。

兜太は、〔蝶の触れ合いの音をきき得たとき、蝶の〈自然〉に触れることができたと信じた〕（『現代俳句集　二』昭和52年　立風書房・刊）とも書いていたが、このころから兜太が発言するようになった「自然のもの」に注目しておきたい。それは、あらゆる現象や事象の、さらにその奥にある空間の体感、といってよいものである。

ただ、上句で「涙なし」と断るあたりは、兜太の叙情へのこだわりが見え隠れしていて興味のあるところである。

言葉を最大限に働かせた収穫の一句といえよう。

米は土に雀は泥に埋まる地誌

句集『暗緑地誌』

初出は、「海程」昭和四十二年十二月号。

初出では、「米は土に雀は泥に埋まる夜」と発表され、のちに「夜」が「地誌」と推敲され、句集に収められた。

第四冊目の句集『暗緑地誌』の作品は、昭和四十二年八月から約五年間の三四七句が収録されている。兜太四十代後半から五十代はじめにかけての句。埼玉県熊谷市に新居をかまえ、そこでの生活から得た作品が中心となっている。あとがきで、

五年まえの夏、緑林と田の熊谷に移った。関東平野の一角、武蔵野の北西部にあたる。西に青々と秩父連山を望み、北西に、妙義、榛名、赤城の上毛三山がある。浅間山もみえる。そのむこうは上信越の空だ。冬の季節風は、その空を渡り、平野を駈ける。

それから現在まで、東京とのあいだを往来し、日本列島のどこかを歩き、地球上の戦争を

憎んできた。そしていつか、私のなかに暗緑地誌の語が熟した。(略)

と書いていた。福島・神戸・長崎・東京と生活の場を変えてきて、緑林と田園に恵まれた自然の豊かな熊谷の地での新生活は、兜太にとって、故郷の秩父に戻ってきたという安堵感があったことも間違いないだろう。

「米は土に」の句は、句集の冒頭から四句目に置かれている。海のある土地での生活を神戸・長崎と送り、再び故郷を望むことができる地に身を置いたとき、大地のもつ感触が、からだの内に滾りはじめてきたことを実感させてくれる句である。

遠く紀元前から、貴重な食物としての米、その米に繋がる思いと、大地の泥にまみれて戯れる雀。共にこの句では土へのやみがたい憧憬が書かれていよう。「地誌」といえば、わが国では奈良時代の『風土記』を嚆矢とするが、兜太にとっての地誌は、〈暗緑の地誌〉。五月の終わりから梅雨明けまであたりの生命力に満ちた自然そのもののエネルギーを兜太は自らの地誌に心《しん》中《ちゅう》しているのである。

この一句、縄文・弥生という時代から受け継がれてきた民族の血のようなものをも、どこかで感受することができよう。

犬一猫二われら三人被爆せず

句集『暗緑地誌』

初出は、「寒雷」昭和四十三年四月号。
熊谷に越してからの生活を、兜太は次のように書いている。

> 熊谷に移って、一冬越した。寒気もきびしいが、風のつよいのにはおそれいった。雪で白い、ずんぐりした浅間山と、骨っぽい赤城山の向うから、枯田とまばらな枯木を靡かせて渡ってくる北西風は、まず吹きはじめると、ドズンという音をたてて家にぶつかる。来たな、と思うと、すかさず第二陣が来、つづいて第三陣と重なって、家も空もまきこんでしまう。庭の木がごうごうと鳴る。そして、気温がぐんぐんおちる。（略）
>
> 春の訪れは、二匹の猫がとかげをくわえてきたときに確認できた。冬眠中のひきがえるを掘りだしたり、野鼠の親子五匹を二日がかりの共同作戦でつかまえたりして、動くものをとらえることにひどく興味を持ってしまったこの二匹は、つづいて、小さな蛇をくわえてきた。

オスの白黒の方で、口の両側でニョロニョロ動くものがあるので近づいてみた妻が、キャッとおどろいた。猫のほうは得意そうに家のなかを歩いている。（略）

（「熊谷雑記」「寒雷」昭和43年6月号）

熊谷に越して、九か月後に書かれた文章である。ここでは、二匹の猫のことが生き生きと活写されているが、猫は、ゴン、シン。この二匹は、熊谷に転居してから貰った猫。どの猫であったたか。犬の名は、五郎。杉並の沓掛時代から風格のあった犬である。「われら三人」は、兜太・皆子夫妻と一子の真土《まつち》君。

この句は、兜太四十九歳のときのもの。猫や犬、妻子、それに新居の周辺の自然の生きとし生けるものに囲まれての生活が見えてくる。下句の「被爆せず」からは、長崎時代に大浦天主堂の近くに住んで、戦後、十年を経ても惨状のあらわな爆心地を目のあたりにしての痛切な思いがダブって在る。句の中心を流れているのは、この地球に生きるもの、また家族への愛の眼差しといってもよいだろう。

兜太は、この熊谷の新居を「熊猫荘《ゆうびょうそう》」と命名した。熊谷（埼玉県北西部）にあって、猫のいる家、という意。

谷に鯉もみ合う夜の歓喜かな

句集『暗緑地誌』

初出は、「寒雷」昭和四十三年六月号。「相聞《そうもん》句一覧」と題して発表された十九句より。句集では、「古代胯間抄 十一句」として纏められた。注目すべきことは、「寒雷」誌に発表された際には「(未完)・これは一つの訓練です」と註が添えられたが、この時期、兜太は意欲的に俳句形式での実験に取り組んでいたことを理解することができる。「谷に鯉」の句の他では、

泡白き谷川越えの吾妹《わぎも》かな
胯深く青草敷きの浴みかな
唾粘り股間ひろらに花宴《はなうたげ》
谷音や水根匂いの張る乳房

という句が、「谷の鯉」の前に置かれている。

兜太はここで、人間の自然――その根源にある性に素材をとり、しかも古代人のおおらかなエロスに着目し、連句の形式をとって書いている。

「谷に鯉」の句も、そのなかの一句である。なによりもこの句が、読む者に訴える力をもっているのは、一語一語が観念的な言葉でなく、肉質をもった言葉として昇華されていることによる。

深い谷の夜は、どこまでも真っ暗、作者の故郷である秩父の山峡であろうか。墨汁を溶かしたような暗さである。狭い夜の谷間、もみ合うほどの鯉の群がいる谷間を想像すると圧倒されるものがある。暗闇の天と地、夜光に感応して、もみ合う鯉の群れ。暗闇の中で、鯉は鱗をにぶく光らせ、水をはねあげながら、もみあっているのだ。その生々しさ。それを「歓喜かな」と捉えたところが、いかにも兜太らしいところ。鯉の生命力の賛美を歓喜というかたちで捉えている。

無季の句であるが、緋鯉も交ざってもみ合う景からは、生命力のほとばしる夏のイメージがある。

この生命の横溢感は、エロスを源にしてのもの。おおらかな生命讃歌の句である。

夕狩《ゆうがり》の野の水たまりこそ黒瞳《くろめ》　句集『暗緑地誌』

初出は、「寒雷」昭和四十三年六月号。「相聞《そうもん》句一覧」と題して発表された十九句より。前書を「夕狩」として三句が発表されている。「夕狩の」の句の他では、

狩り狩られ雌鹿胯間を川に映す
夕べ車窓の向う追われる獣《じゅう》ばかり

の二句。「夕狩の」の句の後に置かれている。

「相聞句一覧」の一連の作品（前頁の「谷に鯉」のところで紹介した作品も含めて）は、万葉集の時代にまで遡り、「あいぎこえ」をテーマにして書いたもの。擬古典的な世界へ、性感を解放しての作品であるだけに、妙に生々しい。そこが、兜太の俳句の所以といえばいえるが、

ややどろどろしている。

そのなかで「夕狩の」の一句は、透明な叙情が美しい。この句を読んで、脳裏をかすめるのは、舒明天皇が宇智の野に遊猟したとき、中皇命《なかちすめらみこと》が、間人連老《はしびとのむらじおゆ》をして献上させた歌（長歌と反歌）（『萬葉集　上』武田祐吉校註 角川版）である。

やすみしし　わが大王《おほきみ》の　朝《あした》には　とり撫でたまひ　夕《ゆふべ》には　い倚《よ》り立たしし　御執《みと》らしの　梓弓の　中弭《はず》の　音すなり　朝獵《あさかり》に　今立たすらし　暮獵《ゆふかり》に　今立たすらし　御執らしの　梓弓の　中弭の　音すなり　（巻一・三）

反歌

たまきはる宇智《うち》の大野に馬竝《な》めて朝踏ますらむその草深野　（巻一・四）

当時の狩には、朝狩と夕狩があったことを知ることができるが、兜太の句は「夕狩」。狩の途上で、ふと目にした水溜まり。その水溜まりこそ、あなたの黒瞳でありましょうに、というもの。馬を駆り、鹿が飛び交う爽快な夏野のイメージを想起させる。

冬の訪れを感じる夕ぐれどきの野に立っているときにできた句というが、ひそかに想う人への願いが、切々と伝わってくる一句である。

二十のテレビにスタートダッシュの黒人ばかり

句集『暗緑地誌』

初出は、「俳句研究」昭和四十四年一月号。

「赤い犀」と題して発表した三十句より。この年、兜太は五十歳を迎えた。

このころ高度成長を続けた日本経済は、国民総生産で世界第二位にまで躍進を遂げ、家電メーカーも全国各地で大型店を出すようになった時期でもあった。

この「二十のテレビに」の句も、そうした家電の大型店での風景。北海道帯広での作。平明な言葉で書かれた一句であるが、テレビが、ところ狭しと壁面に並んでいる、そのどの画面も、陸上の短距離のスタートか、注目の一人の黒人選手をクローズアップで放映している。その一瞬を見事に切り取って一句にした。

スタート直前の緊張や、スターターの声までも聞こえてきそうである。それは、なによりも五台とか十台といったテレビではなく、「二十のテレビ」がよく生きている。「二十」の数詞がぴったり効いた。

この年十月、第十九回オリンピック競技大会がメキシコで開催されたが、その映像が、この一句には重なって書かれているのかもしれない。

兜太には、黒人を素材にした作品に、

馬酔木咲き黒人Kのさらなる嘆き

もある。黒人に対して、兜太の句は親近感を感じさせてくれる。

句集『暗緑地誌』に入ってからの作品は、この一句もそうであるが、言葉への柔軟な姿勢が見られるようになってきた。「海程」（昭和44年1月号）で兜太は、「平明で重いものを」を書き、その周辺に触れている。

探ろうとするものは、現代のただなかにある。おのれの存在であり、それをとおしての人間そのものの存在についての認識である。（略）平明なものは、その泡立ちが定型のなかで煮つめられたときの澄みであり、それはけっして軽いものではない。

「泡立ち」とは、〔存在の地軸がのぞき、意識の白波がひらめくもの〕とも書いた。

赤い犀車に乗ればはみだす角

句集『暗緑地誌』

初出は、「俳句研究」昭和四十四年一月号。
「赤い犀」三十句より。前書「赤い犀・九句」のうちの一句。他の作品には、

赤い犀顔みてゆけば眼がふたつ
赤い犀湖《うみ》に埋まれば湖《うみ》にごる

などの句がある。これらの句も、「赤い犀」が上句か下句に織り込まれて構成されている。句集『暗緑地誌』では、初出のときはなかった〈野卑について〉という傍題が加えられ、作品も「墓地にきてこれも値踏みす赤い犀」が追加され十句収録されている。

年譜の昭和四十三年の箇所で、〔晩秋の中禅寺湖畔勉強会は満目紅葉、連作「赤い犀」のヒントを得〕とある。目をみはるような紅葉から「赤い犀」は誕生したのかもしれない。衝動的で

精力的なイメージの《赤い犀》を兜太はつくりあげ、それと裏腹の野卑なるものの寓意をそこに込めた。「車に乗ればはみだす角」――いろいろの読みかたができるが、現代人のもつ不条理を「はみだす角」はよく暗示している。それは、ベケットの戯曲のもつ不条理にも似ている。

兜太は、昭和四十四年九月号の「俳句研究」で「社会性と存在」を書いているが、この論考は前年、同誌七月号に書いた「社会性の行方」の反論に答えたもの。感情の奥の本能の働き――そのメタフィジカルな内容は〈自然〉だ、として次のように書く。

> 〈自然〉を人間の奥にみることによって、私は、人間というものの〈おかしさ〉を知り、これが「滑稽」だとおもいはじめている。したがって、私の社会的主体は、人間の喜劇を見定めつつ、なお人間の自由の可能性を求める方向にむかってすすみつつあるわけだ。〈おかしさ〉ゆえに、人間の存在のかなしさもあり、むなしさも募ろう。そして、私における伝統との接触は、このあたりからはじまる。

「伝統との接触」という発言からは、一茶などの古典俳諧との接点を意識していたとも見られるが、この「赤い犀」の連作の発表も、その延長線上で考えてよいだろう。

暗黒や関東平野に火事一つ

句集『暗緑地誌』

初出は、「海程」昭和四十四年二・三月合併号。

熊谷に居を移してからの兜太は、日銀本店まで電車で通勤をする生活に変わったが、それは、関東平野の一端に居をかまえ、関東平野を電車で通勤するという生活でもあった。通勤電車の速度は、兜太の句づくりのリズムと合っていたのか、「俺の俳句は、通勤電車とトイレの中なんだ」といった話を、ときに耳にしたことがある。句帳は使わず、メモ用紙に句を書いていた。

この句について、兜太は、次のように書いている。

（略）こういうまったく想像の句を多作している。これは、関東平野を走る、真昼間の列車のなかでとびだしてきたものだが、（略）この、現実に向って想像力がのびのびとはたらく時間に、私は自分自身の〈自然〉を感受することが多い。

（「自作ノート」『現代俳句全集　二』昭和52年立風書房・刊）

ここで、「想像の句」と書いているが、単なる想像の句と受け取ってしまってはいけないだろう。四季を通して、体内に蓄積してきた関東平野の夜景が、瞬時、句のかたちとなって形象化されたのである。

なによりも、この句、上句を「暗黒や」と大きく切って、下句を「火事一つ」と体言で終止する。具体的な言葉で直截に書いているところが効果的。

関東平野は、兜太の故郷・秩父にも隣接するが、その広大な関東平野に、深く厚い夜の闇がたち込めている。その闇の彼方の一角に、夜空をこがして燃える火事。広大な暗黒世界の一角に一つ火事を発見することで、関東平野の空間的なひろがりと、闇のぶ厚さの質感を、あざやかに捉えている。

兜太には、「暗闇の下山くちびるをぶ厚くし」という句もあるが（本書四八頁）、ここでは「暗黒」という不透明な言葉を使っている。いずれにしても「闇」に照準をあわせた句からは、いいしれぬ存在感を感じる。

また、この句からは、俳句の伝統を意識するようになった兜太の形姿をも窺知することができよう。

列島史線路を低く四、五人ゆく

句集『暗緑地誌』

昭和四十五年の作。

兜太の作品で、ほれぼれと、しばしその句のまえで立ちどまるのは、スケールの大きな句に接したときである。

「列島史」の一句も、そのような作品である。中句・下句の「線路を低く四、五人ゆく」は、実景から掬いあげてきた言葉と理解できるが、上句の「列島史」をここに置くことは、並みの力ではむずかしい。言葉を掴む茫漠としたエネルギーが底にたまってあるから、出来ることといってよい。

「列島史」は、日本列島の歴史ということであるが、ユーラシア大陸の東端に位置し亜寒帯から亜熱帯にまでおよぶ弓状の列島。北方系と南方系の渡来民族のせめぎあいから、新たな国づくりが行われた日本列島は、幾多の変遷を経て今日におよんでいる。この句に即していえば、近代に入ってから東・東南アジアへの収奪行為であった日清戦争以降の悪しき歴史が、なぜかクローズアップして見えてくる。

それは、中句の「線路を低く」というとき、輸送機関としての鉄道が開発されて以降のイメージ、それは朝鮮半島・大陸での鉄道の経営ということも含め、鮮明に喚起されるからだろう。敗戦後の昭和二十年代、よく線路工夫が、数人ずつ線路を往来しながら作業していた姿とも、どこかでダブるのである。

また、この「四、五人ゆく」姿は、「線路を低く」というとき、「低く」にことのほか作者の意思が強調されているが、数次にわたる戦争によって犠牲になった死者たちへの鎮魂の念が込められているようにも思えてならない。

すでに紹介した兜太の俳論、「土がたわれは」(「俳句」昭和45年8月号)では、また次のようにも書いている。


〈境地〉への志向は、まだ遠いもののようにおもえるが、ときに、体の弱まりを感じるとき、妙なぐあいで、その志向が湧き、うっかりすると、それに向かって、ひどく傾斜してしまうことがある。しかし、私は、あくまでも〈状況〉に執してゆきたいと思う。

まぎれもなく、「列島史」の句も〈状況〉の一句である。

樹といれば少女ざわざわ繁茂せり　　句集『暗緑地誌』

初出は、「俳句研究」昭和四十六年一月号。

「狼毛山河」と題して発表した三十句より。

兜太の句では、少年や少女を素材にしたものも多い。それは、思春期特有の内面の揺らぎや潔癖さに惹かれるものがあるからだろう。兜太自身、長子の成長を見守りながら、作品を残してきたことにもそれは通じる。世俗の汚れをあわせ呑み込みながらも潔癖に生きる、青年前期の長子を詠んだ句、

田に刺る稲妻息子の青春いま

も、句集『暗緑地誌』には収録されている。父として、わが子の成長を同性の目で温かく見ている眼差しを感得しておくことができよう。

さて、「樹といれば」の一句。少女となると、どこか異性に向ける目も兜太の句からは感じることができる。

木ではなく「樹」としているところからは、大木で枝もゆったりと繁っている木が見えてくる。「樹といれば」――それはあたかも樹と一心同体になって、枝の繁みに風のそよぎを聴いているのだ。少女がざわざわ繁茂するという直感には、鋭いものがある。樹といて、実感した少女の生を、また性のありさまや生理を見事に掬い取っている。

どちらかといえば、少女に「ざわざわ」や「繁茂」という語は似つかわしくないが、その似つかわしくない語を、一句を構成する語として必須のものにしてしまう力技は、並みのものではない。

この句もそうだが、兜太には無季の句が多い。そのことは次のような持論による。

> 伝統詩形の現代にたいする耐久力（適応力）を信頼するについては、当然、言葉の問題が前提になる。
> それは、季語を含む広範な語群が象徴機能を開現《ママ》し、獲得することである、と私はおもっている。季語を約束とする―そうした言葉への狭い配慮を捨てて、一度、季語を他の語群のなかにおいてみることなのだ。
>
> （「土がたわれは」「俳句」昭和45年8月号）

昼から夜へ光余れば悲《ひ》の足音

句集『暗緑地誌』

初出は、「毎日新聞」昭和四十六年十月九日朝刊。「足音」と題して発表された五句より。初出では、

山より谷へ光あまれば悲《ひ》の足音

であった。その後、上句が「山より谷へ」から「昼から夜へ」と推敲され、また中句の「あまれば」が「余れば」と漢字の表記で発表された。「昼から夜へ」の他の作品は、

ガードレールが見えて蜩の家畜
吊橋に家畜ら白しおらが里
蟬の山やがて透明な穢《え》のはじまり

霧の山鳩酒とうどんの日の暮れへ

の四句。この一連の作品が出来あがる過程を知っているので、なつかしい句である。「秩父山里」というテーマで、わたしもこのとき同紙に五句発表させていただいた。夏の終り、秩父の荒川まで出かけて作句した思い出がある。

兜太は、特にこの作句だけのために秩父まで出向いていない。静かに目をつむれば、故郷の山も川も霧も、そして山の人も鮮明に見えてくるのだ。そうした兜太の体内で濾過された秩父（それは血肉化された秩父といってもよい）が、作品として形象化されている。熊谷から日銀への通勤と、厠での時間を利用して五句を完成させた。

「昼から夜へ」の句。歳月を経て読むと、初出の「山より谷へ」より「昼から夜へ」のほうが、「山より谷」という限定が払拭され、句の景も大きく広がって読める。

句集『暗緑地誌』のあとがきで、〔私のなかに暗緑地誌の語が熟した。暗鬱な生命力のアレゴリーかもしれない〕と書いていたが、ちょうど、この句集は熊谷に居を移して自然との交流を深めていった時期のもの。暗鬱な生命力はときに猥雑さを絡ませ、作品として形象化されているが、この句は、いつもの鮮烈な緑、濃密な色彩による具象感がうすれ、切々とした情感が前面に出ている作品である。

骨の鮭鴉もダケカンバも骨だ

句集『早春展墓』

初出は、「俳句研究」昭和四十七年一月号。

第五冊目の句集『早春展墓』は、『暗緑地誌』以降、約二年間の作品から九一句を収録したもの。兜太五十代前半の作品。斬新な旅吟が注目された句集。

四十六年の年譜では、〔九月、「海程」北海道大会で札幌へ。あと釧路、阿寒、網走、層雲峡を皆子と歩く。帰路「定住漂泊」(「週間読書人」)を書く〕とある。「骨の鮭」の句もその折のもの。「俳句研究」一月号では、「旅」と題して二十五句発表している。

旅吟の多い兜太であるが、ことのほか、東北・北海道の作品は目につく。また秀句も多い。北方への志向が強いということでもあろうか。そういえば、九州は別として、沖縄県へは旅そのものも少ない。句集『皆之』で、昭和五十六年の作として、

起伏ひたに白し熱し若夏《うりずん》

など四句が収録されているが、沖縄県での旅の句は、北方での句数とは比較にならないほどに少ない。

「骨の鮭」の句について、兜太は次のように自解している。

北海道阿寒国立公園を旅したときの句。すでに冬の気配で、ダケカンバは白骨の幹をさらし、鴉は、冷えた空を、骨を透かせてとんでいた。湖畔にアイヌの人影、そして鮭の骨の散乱などを想像しながらゆく。すべて「骨」。その悠遠。

（「自作ノート」『現代俳句全集 一』昭和52年 立風書房・刊）

このときの旅は、九月下旬。阿寒は、たしかに初冬の風情であったのだろう。そのことも手伝って、生あるものは贅肉を落とし、なべて透明になっていく時期。その情景を想起しながら、自解で〔すべて「骨」。その悠遠〕と兜太が書くとき、生あるものの存在を根源からの視点で深く捉えた一句といえるが、ただ、実感から出発する兜太の句のなかにあっては、概念臭の強い一句でもある。生の概念に直接的で、渾沌を曳かないところ、それだけ読後に残るものが浅い。

下句の「骨だ」という断定表現は、一見、強く止めたかのようにみえるが、そこに一瞬、此岸信仰の兜太の貌が垣間見えるようでもある。

海とどまりわれら流れてゆきしかな　句集『早春展墓』

初出は、「俳句研究」昭和四十七年一月号。

前頁で鑑賞した「骨の鮭」と同じく北海道旅行の折の句。「海とどまり」の句の海は、このとき一緒に発表された、

曇り澄む夏去るオホーツクの家
オホーツクやわらかく白い星座たち
叩く叩くオホーツク叩く海猫《ごめ》肉片
どしゃ降りの牛飼に真鰈《まがれい》一つ

という句からもわかるように、オホーツク海。

この句、〈われらが流れゆく〉ことが意識の全部を占めている。ここからは、自然の存在と

して在る人間の生身のかなしみが、日常の輝きをともないつつも、切々と在ることを感得させてくれる。なによりも、そのことを納得させるのは、上句の「海とどまり」による。海は停止していて、流れてゆくのはわれら。この捉え方からは、生身の人間のもつ無常の輝きといったものを、あらためて認識させてくれる。

また、この句を非凡なものにしているのは、地球と人間との太古からの姿を、オホーツクの海——元始の海そのものとして捉えながら、自然のなかでの不安定な生存感を書きとめたところにある。下句で切字「かな」を使い、おおらかな、愛誦性のある一句にした。

兜太の俳句は、実感から出発し、想像力でいかに一句を飛翔させるかにかかっているが、その力技は、次のような発言からも窺うことができよう。

> 私の句作りは、景を見、その景にからまるように自分の想像力をひろげてゆく。そこにできてくるイメージを追ってゆくのである。ただ、最近では、表現行為が形だけにならないように、情の熱さを注ぎこむ努力をしている。（略）それといま一つ、イメージのなまなましさを保つために、日常からの汲みあげに努めている。
>
> （「情の熱さ」「寒雷」昭和50年3月号）

山峡に沢蟹の華《はな》微かなり

句集『早春展墓』

初出は、「俳句研究」昭和四十八年一月号。「山峡賦」と題して発表した二十句より。故郷・秩父を題材にした作品が並ぶ。四十八年の年譜では、〔来年定年退職を前に、身辺日常のこと忙し。（略）九月、秩父野上の無住・慶養寺を借りる。仕事場のつもり〕とある。檀家は十数軒しかない隠居寺で、借り受けて修理までしたが、仕事に忙殺されて使わずじまいで終わった。しかし、兜太の気持ちのなかには、母胎憧憬のように故郷が身近なものになって、機が熟すようにして、「山峡賦」一連の作品が成ったといってよい。

「山峡に」の句。山峡・秩父での少年時代の体験が根っこにある。沢を流れる冷たい水に足を浸して、渓流の石をおこしてゆく。その石をおこしたときの沢蟹との出会いの一瞬のよろこびの記憶が、どこかに残っていて書かせた句であろう。

夏の日の若葉の渓流のなかで鋏を出す沢蟹、その紅色。この句では、そこを「華《はな》」とも「微か」とも書いているが、少年の日の沢蟹が、どこか二重写しになって、目の奥に、微かに鮮やかに見えてくるのである。
先に引用した「社会性と存在」(「俳句研究」昭和44年9月号)では、原体験主義の否定ということについても書いていた。

私にとって、とくに原体験(世間慣用の意味で使う)といえることは、幼時の「家」における体験と、戦争体験の二つですが、これを固執して、つねにそこに回帰してゆく思考および感性習性を切り捨てようと考えたのです。(略)現状況に生き、そこに思想と生きかたを築く、これを最上と覚悟したわけでした。

ここからも戦中世代の俳人の中で、終生、戦争体験に固執した三橋敏雄や今も固執している鈴木六林男との作句姿勢の違いを、承知しておくことができよう。
このころより、兜太俳句は、伝統俳句(特に、小林一茶)からの吸収と、書く対象の視座を秩父に向けるようになってくる。

南暗く雉も少女もいつか玉《いし》

句集『早春展墓』

初出は、「俳句研究」昭和四十八年一月号。

前頁で、「山峡に」の句を鑑賞したが、この句も同時に発表されたもの。他にも、

影ばかり背梁山脈の獅子舞
沢蟹・毛桃喰い暗らみ立つ困民史

といった、秩父を素材にした句が並ぶ。「南暗く」の句は、こうした中の一句。

秩父は山峡に集落が点在するが、その南の方位を「暗く」と捉えた。山影がどこかで感じられる秩父の風土は、それほど晴朗ではない。その山峡にあって、飛び、跳ねる雉。また周辺で遊ぶ少女。雉も少女も、いっときの時間を共有したあと、ふと気がついたときには、「玉《いし》」であるものとしての雉や少女。「いつか」には、そのうちに、という意が込められているが、もっと

遠い輪廻転生といったことにも思いはおよぶ。

雉も少女も玉《いし》であるもの・者という、作者の意識の瞬時の流れがこの句を書かしめたといってもよい。「玉」を「いし」と読ませたのは、ある時間の距離をおいて眺めると、真実それは珠玉であるという作者の思いからだろう。

秩父の慶養寺を借りる前後のことに触れて兜太は次のように書いていた。

寺は荒れていたが、本堂は掃除してあった。（略）百日紅《さるすべり》が一本あって、その幹が目立つ。裏山をすこし登ると、お稲荷さんの祠《ほこら》もある。

その暗い庭に少女が一人しゃがんでいて、こちらを上眼使いに見つめていたのが印象的だった。短いスカートのかげに、可愛い少女のものも覗く感じでなんともいえず艶《えん》であった。

（「縁というもの」『俳童愚話』昭和51年　北洋社・刊）

「南暗く」の句の少女と、慶養寺での少女と、どこか二重写しに思われてならない。

また、次の句も句集『早春展墓』にある。

暗窓に白さるすべり陰《ほと》みせて

河の歯ゆく朝から晩まで河の歯ゆく　　句集『狡童』

初出は、「俳句とエッセイ」昭和四十八年八月号。「河の歯」と題して発表した三十句より。

この一句。〈かわ〉は川ではなく「河」。野川の類ではなく、山地に源を発し、平地を悠然と流れている河である。その大河の流れ、生きもののような波を、「歯」という喩で捉えた。白く波打つ「歯」の河は、絶えることなく「朝から晩まで」河口を目指して流れてゆく。

この句の構成は、「河の歯ゆく」と「朝から晩まで」の二群の言葉から出来あがっているが、上句の「河の歯ゆく」を下句でもリフレインさせることによって、リズムのある円環的な読みを可能にした。

兜太の作品は、どちらかといえば言葉が多いが、この句は簡潔に書かれていて、読者に種々のことを想起させてくれる。

この句に触れて、兜太は、次のように書いている。

冬の北海道に数日の旅をして、この日は、札幌市内のレストランで遅い昼食をとっていた。一人旅の気やすさもあって、窓のむこうをながれる豊平川の川面をながめながら、ゆっくりと食べていた。（略）その河面には荒れ気味の無数の河波が立っていた。ときどき白い波がしらがのぞき、それがつぎつぎに重なってながれてゆく。河波を河の歯だとおもう。

（『中年からの俳句人生塾』平成16年 海竜社・刊）

良い俳句は、どこかしら生死《しょうじ》をはらんでいるが、兜太の俳句は〈生〉を強烈にうたいあげているところに特徴がある。この句も単純化された表現のなかから、自然の交響するいのちを感得することができよう。

句集『狡童』は、単独の句集としては未刊であるが、『金子兜太全句集』に収められたもの。句集名の『狡童』（こうどう）は、中国最古の詩集『詩經國風』のなかの「鄭風《ていふう》」に出てくる詩句。昭和四十七年の終わり頃から四十九年十月までの兜太五十代前半の作品一八七句を収録。旅吟が多い（全句集には、未刊句集『生長』と『狡童』を収録。それ以外は、『少年』から『早春展墓』までの五冊を収めている）。

昼の僧白桃を抱き飛驒川上《かわかみ》

句集『狡童』

初出は、「俳句とエッセイ」昭和四十九年一月号。「昼の僧」と題して発表した三十句より。前年の年譜では、〔高桑聰の世話で飛驒高山勉強会。白川郷、下呂。雨ずくめで皆子龍になった夢をみた由。句多し〕と記している。十月二十七日・二十八日の高山吟行会。そのときの句には次のようなものがある。

雨の日の蹠《あうら》散らして飛驒川ぞい
龍になりそう雨に降られて梅干たべて

飛驒高山は大化改新以前に国造《くにのみやっこ》が置かれ、天平時代に飛驒国分寺が建立されるなど、近世に入っても京文化を移入、飛驒地方の中心都市となった。飛驒は匠の国でもある。
この句、「飛驒川上《かわかみ》」は、神通川水系の宮川。高山の町なかを流れるが、飛驒の山の水をあつめた清流。町なかで、ばったり会った僧。抱きかかえるようにしてもつ白桃は、檀家からの布施か、あるいは店で買ったものか。山国の清澄な空気のなかをゆく僧の姿が、輪郭もくっきりと見える句である。そういえば「白桃」は兜太の好きな果物。

昭和四十七年に書いた「詩形一本」で、兜太は、〈俳句を「最短定型」という形式規定一本にしぼってしまうことだ〉と書いていたが、その詩形の内容については、

いま私が俳句でいちばん興味をもつのは、内容としての俳諧、とくに滑稽の問題であり、それと不可分におもえる存在と自然の問題である（この自然は山川花鳥を意味する天然と区別している）。それに次ぐものとして、ことばの問題であり、定型空間と韻律に加えて季語をめぐることばの問題がある。滑稽・自然・ことばの三位一体を最短定型詩のなかで、もっとも典型的に窺うことができる、と私は確信している。

（「詩形一本」「俳句とエッセイ」昭和47年8月号）

と、俳句を規定し、その取り組み方を「日常で書く」ものとした。「社会性は態度の問題」というときの、態度の入った日常（志向的日常というべきもの）を書くというものであった。「昼の僧」の句も、このような論の時期の作。

日の夕べ天空を去る一狐かな

句集『狡童』

初出は、「海程」昭和四十九年五月号。

句集『狡童』のあとがきで、兜太は吉川幸次郎氏の註を引いて、〔ずるい、美貌、剛情、の三意があるらしい。この三者混合が愉快で、さっそく句集の題に借用したしだいである。煩悩具足の、まだまだ青くさい自分のことを言いたかったのである〕と書いている。

集中の「狡童」の章は、「日の夕べ」の句もそうであるが、中国の『詩經國風』に素材を取り、句集『詩經國風』の試作と見られる連作になっている。

「日の夕べ」の句は、「王風《おうふう》」のなかの〈君子《くんし》于役《うえき》〉を本歌取りした一句（岩波版「中国詩人選集『詩經國風』下」吉川幸次郎註）。

君子于役　君子《くんし》は役《つと》めに于《ゆ》きて
不知其期　其《そ》の期《とき》を知《し》らず

曷至哉　曷《い》つか到《いた》らん哉《や》
雞棲于塒　鶏《にわとり》は塒《ねぐら》に棲《やど》り
日之夕矣　日《ひ》の夕《ゆうべ》なるままに
羊牛下來　羊《ひつじ》と牛《うし》は下《くだ》り来《き》たる
君子于役　君子《くんし》は役《つと》めに于《ゆ》く
如之何勿思　之《これ》を如何《いかん》ぞ思《おも》う勿《な》けん

これに対して、兜太は、次のように自句自解している。

ちょうど夕暮れどき、狐が一匹、空をさあーと翔けてどこかへ消えていきます。日の夕暮れどきに自分の背の君を思っている奥さんの気持ちからこの狐がでてきたわけで、この狐は、自分の夫かも知れない。あるいは、夫のところへ飛んでいく自分なのかもしれない。

（「詩經國風」朝日カルチャー叢書『わたしの古典発掘』昭和59年　光村図書・刊）

また、兜太は、一匹の狐が天空に消えていくさまを、自らのいのちの終わりの瞬間とも書いていたが、そうすると雄大な霊的空間をこの句は提示していよう。

霧に白鳥白鳥に霧というべきか

句集『旅次抄録』

初出は、「俳句研究」昭和五十年一月号。

「山湖一連」と題して発表した二十句より。

この句が発表された前年の年譜では、〈九月三十日、日本銀行を定年退職。感想を求められ、「衆の詩」（朝日新聞）を書く〉と記している。兜太の誕生日は、九月二十三日。この年、五十五歳。

「衆の詩――〈日常〉を見なおす」（「朝日新聞」昭和49年9月6日夕刊）では、

日常を、とくに即物的日常を離さずに、俳句の内質として重視しようとする私の姿勢を刺激した事情がいくつかあった。その一つは、私自身も含めての前衛的営為の成果と反省（成果――伝統詩形を戦後の現実に投じ、徹底して現在の場からとらえなおそうとしたところ。反省――過度な詩法を求め、詩を非日常のものとする図式に執着しすぎた＝筆者註）である（略）。

それらの事情のなかで、〈衆の詩〉としての俳句の特性をおもわないわけにはゆかなかった。遍歴のあと「軽み」にいたった芭蕉晩年の思案の態をおもい、「荒凡夫」一茶の日常詠がもつ存在感の妙味にひかれたのも、そのためである。

と書いた。季語と十七音定型の見直しなども含め、この頃より古典と競い立つ気概のもとに小林一茶、種田山頭火などの評論の発表も多くなった時期である。

この一句、九州の九重高原での作。いちめん霧に覆われた山の湖。その霧の中に白鳥がいて、白く立ち込めた霧に一瞬まぎれてしまいそうでもある。この風景、白鳥をより美しくきわだたせるために霧が集まってきたとも受けとれる。

眼前の光景を「霧に白鳥」と捉え、一呼吸おいて「白鳥に霧というべきか」と書く。霧が流れ、光が流れ、刻の流れる白一色の静謐な山湖。白鳥と霧に感応している兜太の至福の時間が見えてくる。定年退職で解放されたことにもよろうか、作品にも自在さが窺える。

山越えの悲鳴ひとすじ白鳥に
白鳥二ついや三ついるもぐらない

山みみずぱたぱたはねる縁ありて

句集『旅次抄録』

初出は、「俳句研究」昭和五十年一月号。

前頁の「霧に白鳥」の句と一緒に発表されたもの。大分県の国東半島で磨崖仏を見学したときの作。

この一句、雨のあとなどは、よく土中から出てくるが、元気のよい山のみみずに邂逅した素直な喜びが、伝わってくる。その喜びの表情は「ぱたぱた」という擬態語からも読み取れよう。「ぱたぱた」――母音がア音で構成された擬態語は、どこか妙な明るさがある。ここからは、みみずと作者が交感しあいながらの出会いの景が見えるようである。

そういえば、兜太の作品に登場する生きものには小動物や昆虫が多いことに気づく。人間も小動物も植物も、この地球の生態系の一部であるが、そのなかでも、動作をともなって動くもの、静的なものよりも動的なものを兜太は好んで素材にしている。

下句の「縁ありて」については、俳誌「海程」で日録風に兜太が書いている「熊猫荘寸景」

（昭和49年12月号）でも、〔家にいるようになって一ヶ月半になるが、まだ落着かない◆あわただしくなにかをやり、そして出掛ける。その繰りかえし（略）◆行くさきざきに俳縁仏縁旧縁をえて、人の好意に甘え放しである（略）〕と書いていたが、そのことに繋がる一語。このみずとの縁も、俳縁仏縁旧縁のどれにもあたりそう。

そもそものきっかけは、北九州の直方市にある皆子夫人の亡母の実家を訪ねるという旅が端緒になって生まれた句である。実家跡を訪ね、そのあとの俳友との旅について、兜太は次のように書いている。

屋敷跡とおもえる平地には、杉が植えてあった。すでにいく人かの人の手を転転としているらしい（略）、その杉の若木のあいだには、柿の紅い落葉が散り敷いていて、拾うと、その下から沢蟹が逃げた。人気なくしっとり湿った山は、すでに沢蟹の国でもある。そういえば、亡母の名はサワノだった。

これはまさに仏縁というものだろう（略）。そのあと、日田から九重高原を抜け、国東半島《くにさき》を廻って帰ったが、高原の湖には白鳥がいたし、国東半島を去るときは、雨あがりの空に月がでていた。

（「縁というもの」『俳童愚話』昭和51年　北洋社・刊）

真夜中は雲雀を照らせ北斗星

句集『旅次抄録』

初出は、「海程」昭和五十年五月号。

雲雀は古くからもっと親しまれている春の鳥。草原や麦畑に枯草や細い根を集めて椀形の巣をつくるが、その巣が見つからぬように、しばらく離れた地点から急上昇、また巣に戻るときも巣から遠い地点に着地する。

雲雀といえば、なによりもあの晴朗な囀りと青空である。即座に、

ひばり野に父なる額うちわられ　　佐藤鬼房

の句を想起するが、大方、雲雀を詠んだ句は昼間のものである。

兜太の一句は、夜の雲雀。それも真夜中である。昼間、外敵から細心の注意をはらって護ってきた巣の中の卵を抱いている親雲雀。しんしんと真夜中の闇が流れる時間。ふと目覚めて、

一瞬みじろぎもせず、寝床のなかで雲雀のことを思っているのだ。自らの鼓動も、親雲雀と卵のいのちの鼓動も、共生して澄んで在る時間である。昼間、自宅の近くの畑で雲雀の鳴いているのを見て帰った夜か。

その真夜中の雲雀に、中句から下句「照らせ北斗星」と置く。意志的な呼びかけの言葉「照らせ」に、作者の雲雀への思いを感受しておいてよいであろう。

春の北斗星は、まだ北天に低くあるが、その北からの淡い光によって、真夜中の雲雀を照らせよ、というのだ。なによりも〈真夜中の雲雀〉がよい。

ところで、兜太には「雲雀」の句は少ない。句集『少年』に収録された戦前の句、

　　簷の雲雀吾《あ》を追い鳴けり雪の坂

が散見されるくらいである。別のところで、「鳥では鶸が好き」と書いていたが、この「真夜中は」の一句は、日銀を退職後、健康保持に歩くことが一番ということで、まだ田園の残る自宅の近辺を散策、その日常から得た一句である。

海に会えばたちまち青き梨剝きたり

句集『旅次抄録』

初出は、「海程」昭和五十年六月号。
第六冊目の句集『旅次抄録』では、「抱卵・土佐」と題がつけられて収録されている。
この句が発表された「海程」の「熊猫荘寸景」で、兜太は次のように書いている。

庭前、五月の花◆高知へゆく◆一九五〇年に通過して以来二十五年ぶり。初見にひとし◆紀貫之館跡、竜河洞、太平洋、土佐宇佐、杉本恒星山荘で蜜柑の花の匂いをはこぶ風に吹かれつつビール◆夜は陶工竹本一平、近郷角力大会で六連勝のあと車を駆って出現。翌日は桂浜◆大会句会の高点句に秀句なしと大いにぶちあげたあとの句会で、滅多に高点句になったことのない拙句が高点となり赤面（略）

土佐の海は、広い。まなかいいっぱいの水平線を眺めていると、そのつづきに空が広がり、どこまでも果てしがない。そして、この雄大な海の向こうの大陸のことを思ったりすると、いっそう海はまぶしい存在である。出漁中に遭難して米船に救われ、米国で教育を受け、帰国後、幕末の幕臣となったジョン万次郎のことを、咄嗟に思ったりする。

「海に会えば」の一句。まず、上句で海に会った喜びを直截に吐露している。あとの諸々のことは、いっさい省略して「海に会えば」と置いたところ、ひさびさに眼前、雄大な海に会えた解放感と喜びが伝わってくる。

そして、仲間と一緒に剥く青梨。さんさんと降る初秋の光のなかでの一期一会の時間である。海は、すべてのものが生まれ、そして還って行くところ。〈流動〉の原初としてあることを思うと、いっそう、喜びの大きさがわかる。

海鳴りとともに、俳縁の仲間との至福の一瞬を書きとめて余情の残る句。

また、〔高知幡多郡。上林暁に「四万十川の青き流れを忘れめや」あり〕の前書のついた、

川青きは即ち清《せい》なり菜の花盛り　　句集『両神』

の一句も忘れがたい。

緑褥というか海辺の草に妻

句集『旅次抄録』

初出は、「俳句とエッセイ」昭和五十年八月号。「妻と海鳥」と題して発表した十二句より。句集『旅次抄録』では「橙照る・伊豆」と題がつけられて発表されているが、一連の作には、次のような句がある。

伊豆の夜を遠わたる雷妻癒えよ
海鳥あまた渚の骸《むくろ》病む妻へ

「海程」昭和五十年七月号の「熊猫荘寸景」では〈皆子なほ体調不良。体作りのため私たち夫婦、ただいま伊豆の温泉宿を移動中〉と兜太は書いていた。その時期の句。

「緑褥というか」の句。海辺の草原を緑褥《りょくじょく》と呼んだ。そこは、寝たりすわったりするときの敷物のようでもあり、布団でもある。海辺の草にすわって静かに水平線に目線を合わす伴侶。作者のやさしい眼差しが、伴侶の背中にある。

兜太には、家族への深い思いがある。それは、秩父の生家で過ごした日々。叔母たちも一緒に生活する暮らしのなかで、母が苦労したことをかつて書いていたが、新しい家庭をもったら、家族が自由に話せる明るい家庭を築くこと、家庭こそが核であるということを強調していた。妻子に向けた温かい眼差しの作品が多い所以である。

病む妻に添い寝の猫の真っ黒け

伊豆の旅の前の作。次の兜太の文からは、伴侶と猫との深い交流を知ることができよう。

夜は、十時になると寝る予定にしているようで、しきりに妻君を探す。入浴中なら浴室の戸のそばで鳴き、あけてもらって浴室のなかまではいって待っている（略）。

そうこうしたあと、妻君の寝床のなかにはいって、枕を並べて寝るのである。私が、横でごそごそ物書きでもやっているときは、枕に頭をのせたまま、目玉だけをあけて、じろじろ見ているのだから、おそれいる。

（「猫のいる風景」『熊猫荘点景』昭和56年 冬樹社・刊）

眼前に暗き硝子戸越前泊り

句集『旅次抄録』

昭和五十年の作。

この年、六月中旬、海程福井支部の五周年の会に兜太は駆けつけ、武生、越前海岸、三国と二泊三日の旅をしたが、その旅で生まれた句。

この作品、訪ねた越前の土地の地霊と俳友への挨拶を込めた句と受けとめることができるが、挨拶句の本命である〈即興〉がよく生きている。なによりも即興句で大切なことは、そのときの気合いの新鮮さ、なまなましさが鍵を握ることになるが、「眼前に暗き硝子戸」という確かな把握が下句の「越前泊り」に効果的に働いている。

五十代後半に入ってからの兜太の旅の句は、挨拶の意を込めた即興性の生きた句が多い。それは旅での開放的な気分も相乗効果を発揮していよう。もともと重厚な句の作り手であるだけに、この〈即興〉に軸足を置いた兜太の旅の句は、また爽やかで新鮮でもある。

「眼前に」の句を発表した一年後、鳥取県を訪ねた折には、次の句を残している。

幼な子の尿《しと》ほどの雨鳥取泊り

句集『旅次抄録』の句は、日本銀行を定年退職して以降、約二年半の作品から二二六句をまとめたもの。あとがきでは、

旅の句が多い。やはり外に出ると、人や天然との新しい出会いがある（略）。しかし、〈定住漂泊〉者の私には、息子夫婦とその赤ん坊と同居し、細君とおおいに喋り、来訪者や会合の人たちと酒を飲み、鳥や木や花を眺め、犬や猫のあくびのお付合いをする――その日常もまた旅次だから、外に出る旅だけにこだわる必要もない。すべてひっくるめて、旅次抄録と名付けたゆえんである。

と書いていた。また、この時期の作句について、〔〈現実〉と〈自然〉、〈現実の表現〉と〈伝統体感〉――この重ねかたが、いま私が手探りしている「不易流行」の入口でもある〕とし、新しい伝統を築くために、自らがより自在になることを強調していた。

富士たらたら流れるよ月白にめりこむよ　　句集『旅次抄録』

初出は、「俳句」昭和五十年十一月号。「富士」と題して発表した三十句より。他の作品には、

高原晩夏肉体はこぶ蝮とおれ
昼は見えぬ富士銀漢も地に埋まり
星がおちないおちないとおもう秋の宿

などがある。富士山の高原、十里木に一週間ほど滞在したときの句である。兜太には、富士山を素材にした句は、句集『少年』に収録された戦前のもので、本書一〇頁でも取りあげた「富士を去る日焼けし腕の時計澄み」があるが、真っ正面からむきだしの富士山と対面し、その存在感に惹かれて作句したのは、今回が初めて。

「富士たらたら」の句について、兜太は次のように自解している。

たしか、十三夜に近い頃だったと思う。月の出を前に、富士山の後ろの空に月白がひろがると、富士の扇状の長い長い稜線を光の粒が流れはじめたのである。まるで稜線が溶けて流れる感じだった。そして、富士の全容はしだいに月白のなかにめりこんでゆく。あんなに生ぐさく壮大な富士を、私は見たことがない。

(『兜太のつれづれ歳時記』平成4年　創拓社・刊)

「月白《つきしろ》」は、月が出ようとするとき、空が明るくしらんで見える現象をいうが、この句、月の出と刻を同じくして富士山のぬめりと光沢のある表情——それは、富士山がまるごと溶けているという感受を、からだで受けとめ、その新しい出会いを表現した。「たらたら」という擬音も富士山の生理をうまく掴み取っている。句は、六・十・五音の構成になっているが、定型感は十分にある。

兜太の句には、破調が多いが、大方の破調は音数が多い。からだで感受したものを句にするとき、どうしても生理に忠実になろうとすると、定型は破られることになる。

「富士たらたら」の一句、天と地の交響が聞こえてきそうな、雄大な景の句である。

山国の橡の木大なり人影だよ

句集『遊牧集』

初出は、「海程」昭和五十二年七月号。
句集『遊牧集』では、「山国の」の句の前後に秩父での作が並ぶ。

朝戸出て直ぐあり沢蟹の猛き匂い
螢火に谷毛むくじゃら山国は
山国や空にただよう花火殻

兜太は、「山国」という語をよく句に盛り込むが、それは山国・秩父を故郷にもち、秩父の山峡に深い愛着をもっていることによろう。
「山国の」の句。「橡の木大なり」と書いているが、高さは二十五メートルくらいにもなる落葉喬木。初夏に紅色をおびた白色の小花をつける。葉は掌のかたちをして大きい。

この句の橡の木、巨木というイメージもあるが、巨木は、地上から一・三メートルの位置で幹回りが三メートル以上の樹木。この橡の木もそれに近いものか。

「橡の木大なり」の「なり」は、口語でいえば「だ」「である」に相当する助動詞。そして、たたみこむように下句で、「人影だよ」と置いているが、この一句、中句で切れるので、この「人影」、眼前をよぎった人影とも、また時間を遡行して山仕事に従事していた山人、あるいは秩父の三峰は修験道の山であったからその行者というように、この「人影」は時間を超えて読める。橡の大木がさやぎ、一瞬、人影がよぎる。その橡の大木と交感している兜太。

〈樹雨《きさめ》〉という言葉がある。これは、山に霧が立ちこめ、それを樹木が枝や葉で受けとめ、雨のように大地に落とす。その水分を樹木が吸い上げて自身を養う、そうした循環を表す言葉。晴れているのにボタボタと水の落ちる森が、どこか見えるような句でもある。

この句が発表された年の六月には、代表をつとめる俳誌「海程」創刊十五周年記念大会を開催。席上「叙情について」と題して講演を行い、俳句表現の根本にある「叙情」(感じた心の動きを述べあらわすこと)の見直しという視点から話した。これまでの兜太の方法としてきた「造型」―「主体の表現」に叙情という基礎打ちをして、伝達性のある俳句を目指すメッセージでもあった。

父亡くして一茶百五十一回忌の蕎麦食う　句集『遊牧集』

初出は、「海程」昭和五十三年一月号。

初出では、「父亡くて一茶百五十一回忌の蕎麦食う」と発表されていた。同号では、次の句も掲載されている。

父死んで熟柿潰えて朝ぼらけ

父、金子伊昔紅《いせきこう》（本名・元春《もとはる》）は昭和五十二年九月三十日死去。八十八歳であった。俳句は大正十一年頃から「ホトトギス」に投句。昭和初期から「馬酔木」に拠り、のち同人。自らも昭和十四年には「若鮎」（のち「若あゆ」）を創刊、没時まで主宰した。また、「秩父音頭」の復興のためにも尽力した。

兜太俳句に言及するとき、父、伊昔紅のことをぬきに考えることはできない。少年の日、秩父・皆野町の生家で、開業医の父を中心に俳句仲間が集まって句会を開くのを目の前にしていたが、その当時のことを兜太は、次のように書いている。

『馬酔木』と『若鮎』はいつも誰かの膝にあり、あるいは炬燵の上に置いてあったから、これは読めた。同人紹介とか随筆、幾人かの同人の作品ぐらいしか読まないが新鮮で甘美な上昇気流を感じていた。私が、こうした雰囲気をまず俳句に知ったことは、その後に大きく影響している。俳句がくすんでもいず、ぢぢい臭くもなく、観念的で佶屈なものでもないものとして私に印象付けられたわけなのである。

秋桜子や篠田悌二郎といった人を覚えている。秋桜子が、秋陽の深く当る縁側に一人腰を下して、じっと庭をみていた事がある。障子越しに、私はその横顔を眺めていたものだ。波郷も白絣できた。

（「俳句以前——中学の頃まで」「俳句研究」昭和42年6月号）

父、伊昔紅の亡くなった直後、信州・柏原の小林一茶百五十一回忌俳句大会に出て、霧の深くかかった上質の蕎麦を食べながら、看取った父のことを思い、兜太は柏原の一茶堂の天井板に、この句を残している。父を彼岸に送った心情が切々と伝わってくる一句。

梅咲いて庭中に青鮫が来ている

句集『遊牧集』

初出は、「海程」昭和五十三年四月号。第七冊目の句集『遊牧集』では、劈頭の「青鮫抄」に収録されているが、青鮫を素材にした作品は、他に二句ある。

霧の夢寐青鮫の精魂が刺さる
青鮫がひるがえる腹見せる生家

三句のうち、最初に置かれているのは「霧の夢寐」の句。二番目が「梅咲いて」。最後に「青鮫が」の句。作者が並べた順に読んでいくと、青鮫の着想は、夢の中で得たものとも思えるし、梅の咲いている庭は生家とも思える。

「梅咲いて」の句は、白梅の花が咲き、早春の光が淡い陰影をつくっている庭の中を、精悍で獰猛な青鮫が、何匹も悠々と泳ぎまわっているというイメージが湧く。このような光景は現実にはありえないが、この句、生々しく新鮮なリアリティがある。早春の明るい日差しの中の梅の白い花と、その日差しの中をゆらめく青鮫の背のかげりのある青さとが、微妙な陰影をかもしだしている。

ここで書かれた世界は超現実的な世界である。にもかかわらず、リアリティをもちえたのは、〈実〉に重心をおいて書くという兜太の作句法に負うところが大きい。「梅咲いて」の句は、その一つの成果と見てよいだろう。

この句が発表された「海程」の「熊猫荘寸景」で、兜太は、

「虚実皮膜の間」というときの実の面が私たちの目標で虚の世界はあくまでも従ということである。◆虚の世界を十分に知り大いに活用はするがそれは実の表現のための手段ということ◆現俳壇にはこびる虚の第一義化とは全く反対の立場を確認することでもある。

と書いていたが、ちょうどこの時期、俳壇では〈軽み〉が言われるようになった時期でもあり、危機感をもっての発言というように受けとめておいてよい。

呼吸とはこんなに蜩を吸うことです

句集『遊牧集』

初出は、「海程」昭和五十五年十一月号。

どちらかといえば、言葉を多く使う兜太俳句にあって、このようにやさしく書く兜太は、昭和五十年代に入ってからのことである。

「海程」同号の「熊猫荘寸景」でも、

◆先般の現代俳句協会賞選考の際にも思ったのだが海程の人たちの句はことば多く修辞は巧緻で他より一頭抽んでていることは事実◆しかしそのことがかえって土台の叙情を薄め徒らに句を複雑にしていることもまた事実で細工ものの危うさを見る感じをもつときもある◆ああ素朴ああ簡明。

と書いていたが、「呼吸とは」の一句は、この「ああ素朴ああ簡明」に相当する句である。

人によっては、なんて単純なんだ、あるいは、はじめからこんなことわかっているよという人がいるかもしれない。それほどに平明な句といえそうであるが、たんねんに読んでみると、そう単純ではない。

注目したいのは、「蜩《ひぐらし》を吸う」という比喩。なんとも清々しい。森林浴をしながらの寸景というように受け取ってもよいだろう。爽やかな呼吸は、林や森で、胸いっぱい蜩を吸うことという作者の気持ちが、このような単純化された表現になったといえよう。なによりも、「蜩を吸う」という措辞によって、常々、あたりまえのこととして過ごしている空気の存在を気づかせてくれる。ここには、自然と一体化した自己がある。

米国生まれの詩人、ゲーリー・スナイダーは、二十一世紀初頭の環境問題に対して、「文学と環境の分野において、われわれは無秩序に抗して、人間のもっとも深く自然な精神に立ち戻ることができる。」（「環境と文明の間」「讀賣新聞」平成15年7月1日夕刊）として、日本の近代文学で自然詩の流れと言えば、それは俳句の伝統である、と書いていた。俳句こそ、今日の環境を考えるとき大きな示唆を与えることのできる形式であろう。「呼吸とは」の句は、そのことを教えてくれる。次の一句も好句。

たつぷり鳴くやつもいる夕ひぐらし　　句集『皆之』

猪がきて空気を食べる春の峠

句集『遊牧集』

昭和五十五年の作。

句集『遊牧集』の作品は、昭和五十二年の早春から五十六年春までの四年間の作品から一七四句を抄出したもの。兜太五十代後半から六十一歳にかけての作品。旅吟の多い兜太句集のなかで、常住の日常での作を中心に選んでいる。居住する熊谷と故郷の秩父での作が多い。

この句集とともにあった四年間は、兜太にとって作句上でも大事な時期であった。朝日カルチャーセンターで俳句講議を始めるなど、多くの草の根俳人との接触を通して、俳句を大衆消費社会の文化として押し出していった。

また、一茶への考えを成熟させ、評論『ある庶民考』（昭和52年）、評伝『小林一茶―漂鳥の俳人』（昭和55年）なども発表した。

『遊牧集』のあとがきでは、

一茶から教えられて、自分なりに輪郭を摑むことのできた〈情（ふたりごころ）〉の世界を、完全に自分のものにしようと努めてもきた。そのせいか、〈心（ひとりごころ）〉を突っぱって生きてきた私は、〈情〉へのおもいをふかめることによって、なんともいえぬこころのひろがりが感じられはじめているのである。

と書いていた。この〈情（ふたりごころ）〉は、外（自然と人間）に向かってひらいてゆくこころの世界である。

「猪がきて」の句。「猪」は、この句では「しし」と読む。山国に春が訪れる頃になると、山の動物たちも活動をはじめるが、冬のあいだ、民家の近くまで来て畑を荒らしていた猪も、峠にもどって、春の澄んだ空気をおいしそうに吸いこむ。中句で「食べる」と置いたところ、いかにも木の芽がふくらみはじめた山々を見まわし、春の仕事で忙しくなった集落のあたりを見下ろして、空気を吸っている情景が見える。〈情（ふたりごころ）〉の読み取れる句。

そこには、アニミズム的交感がみられるという言いかたもできよう。アニミズムは、自然界のすべての事物を生命あるものとし、そこには精霊あるいは霊魂が宿っていると見る。

「空気を食べる」猪に、春の峠の精霊を感じ、そのさわやかな春の大気に兜太自らも接し、自身も「空気を食べ」ているのだ。

道志に童児山のうれしさ水のたのしさ

句集『猪羊集』

昭和五十三年の作。

この句は、海程の仲間で十月、山梨県の道志村に一泊吟行したときのもの。句集『猪羊集』では、「甲州道志村五句」として収録されている。他の句には、

昼酒の酔いほぐれゆく沢蟹雑多
朝餉のもの朴の葉で煮るなお濃霧

などがある。このとき泊まったのは、「日野出屋旅館」。兜太は次のように書いている。

たしかによかった。まさに山の宿なのだ。前をはしる街道は間もなく山中湖畔に出る由で、道志村のここは、街道の丁度中ほどのところにあるようだ。街道の向うには、山中湖を源流

とする清流がとうとうと奔っていた。（略）その谷川に迫って丹沢山塊が峯を並べている。丹沢登山口でもある。宿の後方も山で、これは道志山塊（略）。

それに、若い主人が山の宿というものを保存する気構えで経営しているところがよかった。猪鍋は普通としても、それ以外は山菜で、酒は竹筒であたためてくれた。山窩の仕来りと聞く。部屋の隅で、クロモジの木を切ってきて、爪楊子を作ってくれた。朝は、朴の葉の上に、細かく賽の目に刻んだ人参やら茄子、それに、山菜類、生姜、クレソンなどを盛り、それを胡麻の油ともろみ醤油で煮てくれる。御飯にかけて食べるのである。山気が冷えていたせいもあるが、胡麻の油の香りと味わいひとしおだった。（「海程の俳句」「海程」昭和53年12月号）

この句、「どうしにどうじ　やまのうれしさ　みずのたのしさ」と声を出して読んでみるとよい。上句では、同音をうまく使い、中句・下句では、道志の自然を共感をもって捉えている。初出では、「童児」は「童子」であった。

帰途、津久井町（神奈川県）の茅屋に兜太、皆子夫人はじめ寄っていただいた思い出多い一句。

第八冊目の句集『猪羊《ちょよう》集』は、句集『少年』以降『遊牧集』にいたるまでの九冊（未刊句集二冊を含む）の句集の中から、旅の句を中心に抄出。あわせて『遊牧集』以後の旅の句七六句を加えて一冊にしたもの。「道志に童児」の句は、『遊牧集』以後の作品。

冬眠の蝮

麒《き》麟《りん》の脚《あし》のごとき恵みよ夏の人

句集『詩經國風』

初出は、「俳句」昭和五十九年五月号。

「詩經國風」と題して発表された二十五句の巻頭に置かれた句。

第九冊目の句集『詩經國風』は、これまでの句とは成立が違って一貫したテーマのもとに、約一年間にわたり角川書店の俳句総合誌「俳句」に連載された連作の集積である。

中国最古の詩集である『詩經國風』から素材を得て連作をつくり、各章の巻末に日本列島での日常の句を反歌のように置くという構成。一九九句を収録しているが、國風に素材を取ったもの一一二句、日本列島の日常詠八七句となっている。

作句動機については、小林一茶が四十一歳のとき、一年がかりで、『詩經國風』を勉強し、俳諧の糧にしていることに注目し、その一茶句を理解するためにも原典を読む必要にせまられたことを、あとがきで書いていた。

理由は、「國風」が北方黄土層地帯の古代の民の〈地方の歌〉であり、その〈ことばの大空間〉に限りない魅力を覚えたということで、いいかえれば、大空間に育った古代中国の民のことばを堪能してみたかったということなのである。そこには、私自身が六十代半ばまできて、何となく涸渇感を覚えている語感を、むしろこれを機に大きく潤沢な語感に飛躍させたい、という願いもどこかにある。（略）

古代中国の歌のことばをしゃぶりながら、私は歌の背後の現実と人々の哀歓愛憎にまで感応してゆき、俳句にことばを移しつつ同時にその感応を書きとろうとしたのだが、そうするうちに、心情はいつか日本列島の現実に戻ってしまうのである。

「麒麟《きりん》の脚《あし》の」の句。『詩經國風』の巻一「周南《しゅうなん》」十一篇、巻二「召南《しょうなん》」十四篇を読んで想を得た句。「周南」「召南」の詩は、西周《せいしゅう》時代の平和期のうた。

麒麟は、中国の伝説上の動物でもある。瑞獣《ずいじゅう》といい、聖人の現れる前に出るという。雄を「麒」、雌を「麟」と呼ぶ。体はシカ、尾はウシ、ひずめはウマとされる。その贅肉のない、しなやかな脚を自然から授かった西周時代（今から約三千年前）の地方の民を想像しての句。「恵みよ」と呼びかけの助詞を使っての措辞に、隣人へ語りかけるような親しみがこもる。

抱けば熟れいて夭《よう》夭《よう》の桃肩に昴《すばる》

句集『詩經國風』

初出は、「俳句」昭和五十九年五月号。

前頁の「麒麟《きりん》の脚《あし》の」の句と一緒に、「詩經國風」と題して発表された。

中国最古の詩集『詩經國風』は、十五巻（十五國風）百六十篇から成っているが、兜太が対象にしたのは、『詩經國風』の特徴が掴めると判断した、周王朝創業期の歌である「周南」「召南」そして「豳風《ひんぷう》」の三巻、つづいて、ＢＣ七七〇年周が異民族犬戎《けんじゅう》に追われて洛邑（のちの洛陽）に都を移したあと（東周時代のはじまり）の周王室の歌である「王風」、それに加えて、周王室の諸侯の一つである衛の国の歌三巻「邶風《はいふう》」「鄘風《ようふう》」「衛風《えいふう》」が対象にされている。

ところで、兜太の『詩經國風』への関心は、句集『早春展墓』の時代まで遡る。句集『狡童』も含め、『詩經國風』を自分のものにして句を作ろうとする試みはその当時からのものである。

「抱けば熟れいて」の句。「周南」の詩から想を得た。出典は『詩經國風』（岩波版「中国詩人選集『詩經國風』上」吉川幸次郎註）の、

桃夭《とうよう》　三章

桃之夭夭　桃《もも》の夭夭《ようよう》たる
灼灼其華　灼灼《しゃくしゃく》たる其《そ》の華《はな》
之子于歸　之《こ》の子《こ》　于《ゆ》き帰《とつ》がば
宜其室家　其の室家《しつか》に宜《よ》ろしからん

であろう。一行四言《ごん》で脚韻をふみ、三章をもって完結するスタイルになっている。

この「桃夭」（わかもも）からは、今、まさに嫁ごうとする娘の、桃の花実のように美しく鮮やかなさまが目に浮かぶ。兜太は、「桃夭」の詩から感応した気分を即刻取り入れ、「夭夭《ようよう》の桃」——若々しい桃は、「抱けば熟れいて」と繋ぎ書く。ここから匂い立つような清冽なエロチシズムを感得することができよう。

下句の「肩に昴《すばる》」は、作者独自の発想であるが、この句に空間的な広がりをもたらした。星の「昴」は、集まって一つになる意の〈統《すば》る〉からきているが、嫁ぎゆく若く健やかな娘と、若者との前途の生活を祝福しているようにも読める。

この一句、七・七・六音だが、定型感があるので違和感なく読むことができよう。

人間に狐ぶつかる春の谷

句集『詩經國風』

昭和五十九年の作。

句集『詩經國風』の「一　周南《しゅうなん》、召南《しょうなん》」の作品中、「そして、日本列島の東国（七句）」一連より。

句集『詩經國風』のあとがきについては、「麒麟《きりん》の脚《あし》の」句のところでも触れたが、そのつづきを次のように書いている。

列島での自分の日常の句を、結末を全うする気持で添えたくなる。「長歌を歌い終わったおさめとして、くりかえす添え歌」としての「反歌」（中西進）といった『万葉集』のなかの「反歌」ほどの大袈裟なものではないが、それでもどこかに反歌として、の気持が動いていたようだ。

中国最古の詩集『詩經國風』から素材を得て連作をつくり、各章の末尾に日本列島での日常の句を「反歌」として置いたことに触れた箇所である。

「人間に」の一句、おおらかでユーモアのある句。滑稽さもあるが、よくよく考えてみると、これが日本の原風景のように思えてくる。

たしかに、人間を自然から切り離し独立して考えるようになったのは、ヨーロッパの近代思想によるが、今日のように地球上で多くの課題が噴出してくると、その近代思想に拠って立つこともあやしくなってくる。二十一世紀が自然崇拝を基底に据えた東洋の思想が話題にされる理由も那辺にあろう。

この句を読んでいると、人間も地球を構成する自然の生態系の一つという考え方のうえに立っていることがわかる。だから、狐にとっても人間は資本を収奪する元凶というふうには受けとめていないのだ。同志として同じ地球の空気を吸っている人間に親愛の情を込めてぶつかってくる狐。それも、きびしい山の冬を経て草木が芽吹きはじめる早春の谷であるから、なおのこと、一期一会の喜びに満ちた出会いには深いものがあろう。

この一句、生きることの意味を、また地球上の生きものの生き方の根源を示唆してくれているようでもある。地球上で、いのちあるものにとって、もっともよい関係は、この句のような在り方かも知れない。自由人、兜太の面目躍如の句。

桐の花河口に眠りまた目覚めて

句集『詩經國風』

初出は、「俳句」昭和五十九年七月号。「詩經國風Ⅲ」と題して発表された作品中の「そして、日本列島の越前三国（七句）」一連より。句集『詩經國風』では、「三　邶風《はいふう》　Ⅱ」に収録されている。

越前三国での句には、他に次のような句が置かれている。

越前三国葭切に僧の妻くれない
遠く艶めき三国祭の終りけり
鉄線花と鵜とぐんぐん近づきたる

「桐の花」の句。旅での非日常の時間を鮮やかに掬い取っている。桐の花は、宿の窓から遠く近く見えているのだろう。青空に映える紫色の花には、どこか気品が漂う。下句の「また目覚めて」からは、九頭竜川の河口の町・三国の朝が感じられ、いっそう「桐の花」を美しいものにしている。ここは北前《きたまえ》船で知られる古くからの港町であるが、古代に河口一帯が潤沢な湿地であったことから水国《みずくに》といわれたのが、いつからか三国に転じたともいう。「桐の花」を見ている眼は、旅人のものである。

「熊猫荘寸景」（「海程」昭和59年7月号）では、五月〔越前三国に四泊して三国祭と女流俳人歌川を堪能〕とある。三国祭（5月19日〜21日）は、北陸三大祭の一つ。そういえば、桐の木は中国が原産。この一句も、『詩經國風』を詠んだ大陸の民の息吹の繋がりが、どこか感得されよう。

句集『詩經國風』の「三　邶風　Ⅱ」（黄河下流の東方のうた）には、中国最古の詩集『詩經國風』の「静女」三章から想を得て、原詩句を豊かにふくらませた好句もある。

つばな抱く娘《こ》に朗朗《ろうろう》と馬がくる

吉川幸次郎氏の註を書き下せば、「牧《の》より荑《つばな》を帰《おく》る　洵《まこと》に美しくして且《か》つ異《めずら》し　女《なんじ》の美《うつく》しと為《な》すには匪《あら》ず　美《うつく》しき人の貽《おく》りものなり」（岩波版「中国詩人選集『詩經國風』上」）と。兜太は、そこに「朗朗《ろうろう》と馬がくる」とつけた。

若狭乙女美《は》し美《は》しと鳴く冬の鳥

句集『詩經國風』

初出は、「俳句」昭和五十七年五月号。
「暁行」と題して発表された五十句より。
句集『詩經國風』では、「六 衛風《えいふう》 Ⅱ」の「そして、日本列島の若狭（十二句）」に収録された一句。初出では、下句が「昼間の鳥」であった。

兜太は、〈俳句の本質は俳諧であり、俳諧とは、〈情《こころ》（ふたりごころ）を伝える工夫〉と「海程」（「海程の俳句」昭和54年6月号）で書いていたが、この一句も兜太の俳諧調がよく出ている。声を出して読んでみるとよい、リズムも快い。それはなによりも、「美《は》し美《は》し」の四字に負うところが大きい。視覚・聴覚に訴え、下句の「冬の鳥」を、読者にいろいろ想像させてくれる。

しかし、この句の眼目は、冬鳥の近くにいる初々しい「若狭乙女」。その乙女にこそ作者は魅せられているようだ。『詩經國風』の原典、巻頭第一は「關雎《かんしょ》」、「關關雎鳩」に始まる高名な詩は、兜太國風では、「関関《くわんくわん》鳴くみさご男は口あけて」になっていることを塚本邦雄氏は「俳句」（昭和60年9月号）であげ、「『關雎』の雎鳩《みさご》は、若狭の冬の鳥に變身して、高音に『美し美し』と鳴いてゐるのだ」と指摘していた。「關關」は、みさごの泣き声の擬声語であるが、よく読み込んだ言である。

兜太國風は独自な詩想を加え、見るべきものが多いが、反歌としての「日本列島」に属した句に、より惹かれる。

晩秋の日本海暗夜は碧《へき》　（若狭）
白椿老僧みずみずしく遊ぶ　（大和）
どどどどと螢袋に蟻騒ぐぞ　（東国秩父）
狐火なり痛烈に糞《ふん》が臭う　（〃）

原典の舞台である大陸黄河のイメージは日本列島と交響して、今までの兜太になかった、風土に根をおろした自然観照を内部に形成していった。

昭和四十年代半ばから原体験主義を否定して以降、存在者として種田山頭火を探り、自らを荒凡夫と呼んだ小林一茶に傾注し、そして古代中国詩への挑戦。この挑戦を契機にして、詩嚢を肥やし、兜太はいっそう自由に広いところに出てきたといえよう。

牛蛙ぐわぐわ鳴くよぐわぐわ

句集『皆之』

初出は、「海程」昭和五十七年十月号。
第十冊目の句集『皆之』は、昭和五十六年から六十年までの五年間の作品三三六句を収録したもの。兜太六十二歳より六十六歳の作品。前年に句集『詩經國風』を出しているので、重複しないように編まれている。この句集は、熊谷と郷里秩父との常住の日々と旅次での句を集めた句集である。

「牛蛙」の句。牛蛙は、アカガエル科に属する大型の蛙。体長は二十センチ前後。暗緑色で黒色斑がある。牛に似た声で鳴くので「牛蛙」の名がある。兜太は自解で、

牛蛙は俳句歳時記に収録されていないが、私は夏の季語として約束してもらいたい考えでいる。梅雨が明けるとカッと陽が照りつけて、七月はまさに盛夏だが、牛蛙君《くん》は依然として鳴きつづけている。雌をもとめて鳴くと聞くが、まあよく懲《こ》りもせず鳴くもので、のそりの

そりと移動しながら、一晩中鳴き、昼間だってよく鳴く。

（『兜太のつれづれ歳時記』平成4年　創拓社・刊）

と。「ぐわぐわ」は、牛蛙の鳴き声。この鳴き声を中句・下句とリフレインして使っているが、その鳴き声は不気味さとユーモアも感じられ、存在感がある。即物的な一句。

「熊猫荘《ゆうびょうそう》」（兜太居）の二階まで聞こえてくる牛蛙の鳴き声に誘われるまま、牛蛙と向き合っているうちに、兜太も一緒になって、「ぐわぐわ」と鳴いてみたくなったのだろう。擬音に力がある。このあたり、一茶は畳語、擬態、擬音の語を多用し、動物や虫を擬人化、〈喩〉法の効果を十分に活用したが、一茶に学んだ兜太にもその傾向は顕著である。

また、兜太の句は破調が多いが、六十歳を過ぎるころから下句が四音という字足らずの句が目につくようになってくる。この「牛蛙」の句も、

牛蛙（5）　ぐわぐわ鳴くよ（7）　ぐわぐわ（4）

と韻律の面から見ていくと、下句が四音で構成されている。短く言い切ることによって、肉体の韻律をより全面に打ち出そうとする意志が感じられる。

漓江どこまでも春の細路《ほそみち》を連れて　　句集『皆之』

初出は、「海程」昭和六十年六月号。「漓江どこまでも」と題して発表した二十句より。他の作品には、

大根の花に水牛の往き来
蒼暗の桂林迎春花に魚影

などの句がある。「漓江《りこう》」の句は、昭和六十年三月九日から十三日までの五日間にわたって、香港、桂林、漓江、広州を海程同人・会友と訪ねた折の作。

桂林は、中国南部、広西チワン族自治区北東部にあり、珠江水系の桂江上流の漓江に沿う観光都市。秋になると町中にキンモクセイ（桂花）が咲き乱れることでこの名がついたといわれる。石灰岩地域特有の奇峰が多く、ここから八十三キロメートル南の陽朔《ヤンシアオ》までの船旅を楽しめ

る。その漓江下りでの作である。

この中国旅行について、兜太は「海程」の「熊猫荘寸景」（昭和60年5月号）で、次のように書いている。

◆漓江は天然の一級品とおもった。濁り気味の清流もよく、次次に展開する奇形異形の岩山のよろしさは周知のこと。河流に添って点在する人家、小さい集落は、まさに桃源郷の感。梅や不是《ブーシエ》とかいう花木やが春を告げる白い花を咲かせていて、どこにでも家鴨がいた。竹林がそよぎ、肥料代りの大根がこれも白い花を畑一ぱいに咲かせていた。私はこの広大な山河が好きだ。中国料理が大好きでなにを食べても旨い。僅かな期間の滞在でもなんとない自由を感じ、精神の自由ということを切に思うのは、こうした私と中国の風土との相性によるものかも知れぬ。桂林ことのほか寒冷。しかしすでに迎春花や茶花（椿）が咲いていて、私は人を見ず、ひたすら山河のみを見つめて中国をゆく。

「どこまでも春の細路《ほそみち》を連れて」――ゆったりと、自らも閑かな春の細路を従えての船旅。山野を眺めての実感が彷彿と感じられる句。

夏の山国母いてわれを与太《よた》と言う

句集『皆之』

初出は、「俳句」昭和六十年九月号。「秩父」と題して発表した二十句より。ほかにも母の句がある。

伯母老いたり夏山越えれば母老いいし

老い母の愚痴壮健に夕ひぐらし

兜太は、両親に触れて次のように書いている。

父元春《もとはる》は、山国秩父（埼玉県）の中ほどに当る皆野町の開業医だったが、八十八歳で他界した。しかし、自分の体にもうすこし慎重であれば、百は十分に可能だった。最後は脳出血だったが、起床のときパッと起きる癖があって、これでやられた。老いては、ゆっくり寝、ゆっくり起きるべし、と、それ以来わたしは自戒している。

母はるは、父より一とまわり若い丑年。十八でわたしを生み、更に五人を生み育てて、ただ今九十四歳。皆野町の家にいて、父の医業を継いだ弟の千侍《せんじ》が面倒をみてくれている。ついこのあいだまで、わたしの顔を見ると、兜太といわず、与太がきたね、と冗談口をたたいていたが、このところ口数が少くなった。（略）長男のくせに父のあとも継がず、俳句にうつつをぬかしている男を、母が与太と呼ぶのも不思議はない。

（「私の履歴書」「日本経済新聞」平成8年7月1日）

「夏の山国」作句の年、母八十四歳。兜太六十六歳。俳誌「海程」の十月号より同人代表から主宰になり、いよいよ指導力を発揮。巻頭で「東国抄」と題して新作六句の発表を開始した。五月には句集『詩經國風』を角川書店より刊行。また、昭和五十八年には現代俳句協会の会長に就任しており、名実ともに現代俳句のリーダーになった時期でもある。

〔俳句なんかやるんじゃないよ。あれはけんかだからね〕（『二度生きる』平成6年　チクマ秀版社・刊）と、少年時代、父の伊昔紅（俳号）を囲む句会が酒の席に変わり、口論になるのを目のあたりにしての母の忠言が、この一句の奥にはある。

冬眠の蝮のほかは寝息なし　　句集『皆之』

初出は、「俳句研究」昭和六十一年一月号。
「雨に養蚕」と題して発表した五十句より。他の作品には、

日本海秋は星座の唾《つば》が降る
雨に養蚕鮎錆びて叔父たち
禿頭や尖《と》んがり山や紅葉四五分

がある。一句目の「日本海」の句は若狭での作。産土の地、秩父の山峡への思いには、切々としたものが窺える。兜太、六十七歳。なによりも兜太の句でよいところは斬新なところ。

「冬眠の」の一句。冬眠の蝮《まむし》に寝息があるわけがないが、こういわれると、なにやら聞こえてくるような錯覚につつまれるから不思議である。妙なリアリティをもった句。豊かな土俗性

を、鋭い感性感覚で包みこんでいる。

兜太は自解で次のように書いている。

冬の山はじつに静かだ。葉の落ちた木木《きぎ》のあいだに射しこむ陽の光もしーんとしている。その根を埋めるように積もった落葉も、人や獣が来て踏まないかぎり音を立てることはない。常緑樹も、寒寒と鬱と沈黙している。ときに鳥声あるのみ。――そんな、山中で蛇たちも冬眠にはいり鎮まっている。しかし、アクの強い、それこそ存在感十分のマムシだけは、その寝息が聞こえてくるような気がするのだ。いや、たしかに聞こえる。

（『兜太のつれづれ歳時記』平成4年　創拓社・刊）

蝮は、蛇の仲間でも、華麗な紋様があり存在感がある。クサリヘビ科の毒ヘビ。全長六十センチ内外。樹木は葉を落とし、静まりかえった山麓の昼間。冬眠中の動物は、ほかにもたくさんいるだろうが、寝息が聞こえてくるのは蝮だけ。「蝮のほかは寝息なし」――この一見、豪放磊落な蝮は、兜太の自画像のようにも見えてくるから不思議である。

少年二人と榠樝《かりん》六個は偶然なり

句集『両神』

初出は、「海程」昭和六十三年二・三月合併号。

第十一冊目の句集『両神』は、昭和六十一年から平成七年夏までの約九年間の作品三六〇句を収録。兜太六十代後半から七十六歳にかけての作品。題名とした「両神」は秩父の高峰両神山から取った。この句集により平成八年、日本現代詩歌文学館賞を受賞。

兜太には、甲虫や禽獣への親近感と並んで樹木への熱い思いも人後に落ちない。植物への愛着は六十代半ば以降、いっそう強くなるが、木からもいのちをもらっているという認識がそこにはあるからだろう。


私の中国好きは植物にも言えます。好きな草木はいろいろあるのですが、やはり中国的なものに強く引かれるのです。たとえば泰山木。（略）魯迅がこの花を好きだったことをその時（上海の魯迅の墓碑を訪ねた折に見た泰山木の大樹を指す——筆者註）知ったのですが、以後それまでにも増して私はこの花に引かれるようになりました。（略）我が家の庭にはあの泰山木の大樹が、濃い緑の葉と白い大花を初夏に咲かせてくれます。それが時に私をなぐさめ、時に私を勇気づけ、時にエネルギーを与えてくれます。榠樝《かりん》の木も大好きです。我が家ではそうした植物をおろそかにしません。

（『二度生きる』平成6年　チクマ秀版社・刊）

そういえば、榠樝も中国が原産。高さ約六メートルにもなる落葉高木。四月に淡紅色の花を開く。秋に果実が黄熟、芳香を放つ。

「少年二人と」の句。作者の現前に居る「少年二人」と「榠樝《かりん》六個」を、そのまま書いた。ただこのままでは詩にならないが、下句で「偶然なり」と置くことによって、ごく変哲もない日常の時間を根底から揺り動かし、俳句としてのリアリティを獲得した。日常を掘りおこすことによって力を得た一句。

やや深読みになるかもしれないが、少年二人は兜太のお孫さん（智太郎、厚武くん）。そして居間の籠のなかには六個の黄熟した榠樝。果実酒・咳止め用にもなる榠樝が芳香を放っているのだ。秋の日差しを受けて静かな時間が流れているのが見えてくる句である。

兜太は、数詞を句のなかで生かすのがうまい。この句も数詞をうまく生かした代表的な作品といってよい。

毛《もう》越《つう》寺飯《いい》に蠅くる嬉しさよ

句集『両神』

初出は、「俳句」平成元年八月号。

「陸《む》奥《つ》旅吟」と題して発表した十五句より。

句集『両神』では、「白河の関から陸奥湾岸へ（六句）」として収録している。

「毛越寺」は、岩手県平泉町にある天台宗の寺。嘉祥三年（八五〇）円仁の開基。平安末期、藤原基衡が再興・完成し、その規模は中尊寺をこえたと伝えられる。常行堂や庭園などが残存している。

兜太は、「わが作句信条」（「俳句研究」昭和62年11月号）で、次のように書いている。この論旨は、「海程」二十五周年（昭和62年）の講演で話したもの。

〈古き良きものに現代を生かす〉が私の俳句信条で、〈古き良きもの〉とは、五七調最短定型（五・七・五音を基本とし、多少の字余り字足らずを認める）を本質とし、「俳諧」を属性とし、定型によって書き、「俳諧」を十分に生かしたいと念じている。

「俳諧」の意義はかならずしも一定しないようだが、私は、さまざまな伝達工夫の態と受けとり、挨拶、即興、諧謔（滑稽を含める）、機知、意外性、笑い、そして、もじり（短歌でいう「本歌取」）などを主な内容と見ている。季語は挨拶に際しての、こよなき潤滑剤として約束され、成熟してきたものとして、尊重するが、そこから俳句を季節詩と限定し、あるいは季題制度を俳句に不可欠のものとすることには賛成しない。

その〈古き良きもの〉によって現在の自己表現を生かしたいと願う。古き良きものを生かすのではない。現在を生かすのであり、現在を生かしえないような古き良きものは、伝承ではあっても伝統と見ることはできない。

「毛越寺」の句。即興的な捉え方は、また、その土地への挨拶の意も込められていよう。みちのくの古刹、梅雨の晴れ間。俳句大会に出て座敷でゆっくりと摂る昼食。そこに、どこからとも知れず飛んできた一匹の蝿。兜太は、〈来たな来たな〉といわんばかりの嬉しさで見ているのだ。現在ただ今の空間を素手で捉え、その土地に心を通わせていく。一茶俳句の影響も窺える一句。

酒止めようかどの本能と遊ぼうか　句集『両神』

初出は、「海程」平成元年十一月号。句集『両神』では、「痛風抄（六句）」として収録している。他の句には、

梔子《くちなし》や痛風の足切り捨てようか
痛風は青梅雨に棲む悪党なり
滝澤馬琴も痛風と聞き微笑む夏
朝ひぐらし痛風も癒えしかなかな

がある。四句を順に読んでいくと、梅雨に入るまえは大変だった痛風も、梅雨が終わり盛夏を迎えるころには痛みも消え、蜩の声に耳を傾ける余裕も生まれてきた推移を読み取ることができる。「酒止めようか」の句は、「朝ひぐらし」の前に置かれている。

五十代後半の兜太は、「酒の功徳」という文章で次のように書いている。

酒といえば日本酒で、それ以外はピンとこない。すこし間をおいて、ああ、これも酒だなとおもうていどである。そのくせ、ここ数年常用の酒は、ウイスキーかビールなのだから矛盾しているわけだが、これは健康上の要請で止むをえない。

しかし、機会さえあれば日本酒をとおもう気持はかわらないから、酒どころにゆけば、この酒は特別だからと自分にいいきかせて、それをいただくことにしている。

（『俳童愚話』昭和51年　北洋社・刊）

六十代に入ってから、兜太のことばに従えば「急につけがまわってきて」、歯槽膿漏に腰痛、痛風には四回悩まされるという災難に見舞われ、好きな酒と牛肉をやめて養生、七十歳を過ぎて回復したが、さて、「酒欲」と食欲を制限して、もう自分をよろこばせてくれる欲がない。どんな欲で自分を元気づけようかという思いが、この一句から感得できる。

そうはいっても、どこかにこの句、余裕が感じられるのは、家族と、俳句、その俳句に連なる連衆に恵まれていることによろう。俳句と遊ぶ極上の楽しみが兜太にはある。

二階に漱石一階に子規秋の蜂　　句集『両神』

初出は、「海程」平成三年一月号。

「愚陀仏庵」と前書のある句。松山時代の夏目漱石の下宿を復元した家での作。

漱石は、明治二十八年四月に松山着。愛媛県立尋常中学校嘱託教員としての生活をはじめている。六月下旬には市内二番町の上野方の離れに移り、この下宿を愚陀仏庵と名づけた。

一方、従軍記者として遼東半島に向かった正岡子規は重体に陥って神戸の病院に入院。八月二十七日、子規は松山に帰り愚陀仏庵の一階に住みはじめる。

この間の消息については、坪内稔典氏の『俳人漱石』（平成15年 岩波書店・刊）に詳しいが、五月二十六日の子規あての手紙では、「俳門に入らんと存候」と書き、子規に俳句の指導を求めている。元気を取り戻した子規は、十月十九日に松山を発って東京に向かう。愚陀仏庵での漱石との共同の生活は約五十日間であったが、この間、毎日のように句会が開かれた。句会は「松風会」といい、松山の新派俳句の会で十数名の若い人が集まっていたという。句会場は一階があてられた。

「二階に漱石」の句は、そのような歴史的な背景を念頭に置いて読むと、なんとも涼風の吹き抜けるような爽やかさがある。ときに子規二十八歳、漱石二十八歳。

兜太には、「海程」（昭和61年5月号）で発表した句に、

雪のさんしゅの一階に猫二階に人

という、熊谷の冬の自宅での作があるが、松山の愚陀仏庵を訪ねたとき、不意にこの句のリズムが、子規と漱石にとってかわって表出してきたようにも思える。

下宿の階を違えて、瞑想し句作に取り組む漱石と子規が目に見えてくるような句であるが、下句の「秋の蜂」には、澄んだ秋の空気のなかを凛として飛ぶ蜂に、どこか静謐さも窺われるが、また、つよい意志も見え、実感がある。

子規・漱石という、近代俳句の草創期を代表する作家の住んだ地を訪ね、即興的に捉えた句は、俳句の地、松山への挨拶も込められた作品になっている。

長生きの朧のなかの眼玉かな

句集『両神』

初出は、「海程」平成三年七月号。

この年、兜太七十二歳。年譜では、〔隠岐に遊ぶ。十月、林林氏を招き秩父を案内し、現代俳句協会俳句大会で講演してもらう。医家楢原景澄死去。自選句集『黄』刊。〕とある。この前後、中国、ドイツなどにも出かけ、俳句の国際交流の面でも、旺盛な活動をつづけている。

「長生きの」の句も、こうした時期の作。読みかえしていると、どうも兜太の自画像のようにも見えてくる。

春は大気中に水分が多いので、ものの像が朦朧と霞んだように見えるが、その季語「朧」を一句の核に据え、自らの生を凝視している句。句形は、「朧」が上句「長生きの」と下句の「眼玉かな」両方にかかる。「朧」は、老いの象徴のようでもあるが、春の生気のなかに在り、この一語が生かされている。此岸を、しっかり見据えている眼玉は、きつく〈気〉を張っていて、年齢にこだわらず何でも見届けてやろうとする生への存在感が生々しい。

そういえば、句集『両神』の作品は、今までの句集と違って、俳句仲間の追悼句がことのほか多い。

朝ひぐらし眼を開けて楸《ひさぎ》生う野に　加藤楸邨師他界
蟬時雨豪酒の仁《じん》の横たわる　栗山理一先生他界
きぶし蕾み老猫逝きぬ皆泣きぬ　愛猫シン二十三年間生きて他界

今生の別れ多く、兜太は次のようにもいう。

つい先日、わが家の黒猫が死んだ。二十三歳（略）。最期は、私の細君に抱かれて、大きくのけぞり絶叫し、そのあと、かすかに嗚咽《おえつ》して果てたという。私はそれを聞いて、死という消滅の儀式の厳しさにさらに恐れをなしているのだ。
そして、知性豊かなこころに遠い今の自分が、この恐れから免れる道如何に、と考えるとき、長寿以外にはない、と思えてしまうのである。（略）長寿朦朧のなかで死にたい、と、いまは切に思っている。
（「死からの生」『兜太のつれづれ歳時記』平成4年　創拓社・刊）

熊ん蜂空気につまずき一回転

句集『両神』

初出は、「海程」平成三年八・九月合併号。

即興的な句であるが、熊ん蜂の生態をよく見て、親しげに心をかよわせていることが窺える。熊ん蜂は、大形で体長約二・五センチメートル。体は黒色、胸部は黄色、体に毛が密生して熊を思わせる。枯れ木などに穴を掘って巣をつくり、花粉や密をあつめて幼虫のえさにする。

この句、どこか威厳すらもつ熊ん蜂が、目の前に飛んできたのだ。あたかも挨拶でもするかのように一回転した。そこを逃さず「空気につまずき」と捉えたところ、なんとも巧まずして滑稽感が出ていて、ほほえましい。

句集『両神』のあとがきでは、作句方法について、昭和三十年代に構築した〈造型〉の方法論をもって、自作を推敲する手段として日常化してきたこと。もう一つは即興に触れて、対象との生きた交感があると思うようになった、と記している。

そして両刀使いでかなり気儘にやるうちに、俳句は、とどのつまりは自分そのもの、自分の有り態《てい》をそのまま曝すしかないものとおもい定めるようになっている。自分を突っ張って生きてきて、この気持ちはまだまだ旺盛だが、同時に、草や木や牛やオットセイや天道虫や鰯や、むろん人間やと、周囲の生きものとこゝろを通わせることに生甲斐を感じるようになっている昨今ではある。

と心情を吐露している。即興句への傾斜は、年齢を加えて自在になってきたことと、一茶俳句から学んだものが大きく影響していよう。そういえば句集『両神』には、

芭蕉親し一茶は嬉し夜の長し

の句もある。芭蕉を求道者、一茶を存在者と見る兜太にとって、一茶は生活のなかに俳句を置いているという点でも似ている存在。そこを「嬉し」という語で表出した。

その一茶を学び、雑俳の世界、そして中世の俳諧之《コレ》連歌へと学んで、俳句では、俳諧が最も大きな伝統遺産という兜太であるが、「熊ん蜂」の一句では、即興の妙味をあますところなく発揮している。

青春が晩年の子規芥子坊主

句集『両神』

初出は、「俳句研究」平成五年八月号。

大特集「金子兜太の世界」の「禿頭抄」二十五句より。

正岡子規は、慶応三年（一八六七）九月十七日、伊予松山の生まれ。本名常規《つねのり》。明治二十二年に喀血して、子規と号した。二十三年には、東大国文科に入ったが（のち退学）、この頃、政治家、哲学者、小説家などへの野心を断念し、俳人を志した（俳句をはじめたのは十八年頃から）。二十四年には一生の仕事となった「俳句分類」に着手し、翌年には『獺祭書屋俳話』を発表。これが子規の俳句革新運動の第一声となり、旧派・月並派に対して、新派・日本派・根岸派の存在を明らかにした。写生を提唱。三十年には『歌よみに与ふる書』を発表、短歌革新にも取り組んだ。

俳句・短歌の革新と並ぶ子規の事業には、写生文による文章革新運動もあるが、そのほかに、『墨汁一滴』（明治34年）、『病牀六尺』（明治35年）などの随筆と、『仰臥漫録』という日記がある。

晩年はカリエスのため病床に臥したまま、創作をつづけ、多くは身辺、庭前の嘱目吟であったが、平淡な中に独特の深い境地を打ち出した。明治三十五年（一九〇二）九月十九日、東京、根岸の家で亡くなった。

三十五年間の人生を一途に情熱を持続し、駆け抜けた人として、掲句の下句「芥子坊主」からは、子規の頭と鮮烈な芥子の花を澎湃と想起させてくれる。また、「青春が晩年」という措辞も、病魔と闘い、その刻々を、せいいっぱい夢をもって生き、燃焼して果てた子規にふさわしい。

句集『東国抄』には、

たとうれば子規雛あられ虚子だんご

の句もあるが、子規は一途で純粋であった。そこを、この句も巧く掬い取っている。

子規の「写生」の方法論に触れ、〔すぐれた表現者というものは、いつのときでも、いかなる分野においても、自分の生の人間で勝負していた、という当りまえすぎるほどの付言とともに、私はあらためて子規をおもい〕（「子規のこと兜子のこと」『熊猫荘点景』昭和56年 冬樹社・刊）という兜太の言を、この一句を読んで、改めて噛みしめる。

花合歓は粥《しゅく》花栗は飯《はん》のごとし　句集『両神』

初出は、「俳句」平成六年十月号。

「夏の果て」と題して発表した十五句より。

初出のときには、「越前にて」と前書がついていたが、句集『両神』では削除されている。七月、福井県で開催された海程俳句大会の折の句。

「花合歓は」の句、永平寺を参詣した折のもの。このとき、法堂・禅堂を訪ねている。禅寺には、多くの僧の食事などの雑事をつかさどる〈典座《てんぞ》〉と呼ばれる役僧がいて、禅宗では重要な役割を担っている。この句の「粥《しゅく》」も「飯《はん》」も、ともに典座の用意した食事であるが、その食事の一膳を目の前にして成ったのが、この一句。

なによりも、「花合歓は粥《しゅく》」「花栗は飯《はん》」とたたみかけるように置いた直喩からは、身体的感受によるいのちの交感がある。ここで注目したいのは、「合歓の花」「栗の花」ではなく、「花合歓」「花栗」と、それぞれの花に眼目を置いているところ。だから「粥《しゅく》」「飯《はん》」がしっかりと見えてくるのだ。

もう一つのことを言えば、「はなねむはしゅく」「はなぐりははん」と母音のア音が効果的に生きていて、一読、心地よい響きが効果的でもある。

合歓の花も、栗の花も、ともに夏の花。夏といっても栗の花は六月に入ると黄白色の匂いの強い雄花の穂をつける。合歓は、淡紅色の頭状の花をつけ、夕方に開花。合歓の木も栗の木も山野に自生。ふだんは目立たないが、花をつけると俄然、自己主張をはじめる。越前への旅の途次、合歓と栗の花に出会っての作か。

兜太は、七十代に入ってからの植物とのかかわりについて、次のように書いている。

　晩年になってから、私は特に、自分が植物によって養われているという感を強くしています。生きるエネルギーというか、命の力を植物から得ているように思えてならないのです。現に、孫のために植えた紅梅が衰えれば、孫も衰える。寒紅梅が元気よく咲いてくれれば、こっちも元気になる。

（『二度生きる』平成6年　チクマ秀版社・刊）

そうであれば、兜太俳句は旅吟が多いが、その旅吟のなかの幾多の樹木からも、生きるエネルギーをもらっていることに間違いない。

燕帰るわたしも帰る並《な》みの家

句集『両神』

初出は、「俳句研究」平成七年十二月号。

「月――中国四川省旅吟（三十三句）」と題して発表した作品より。

この年、中国で『金子兜太俳句選譯』が出版されたが、兜太にとって中国は、どの国よりも縁の深い国である。

年譜でも、大正十年（二歳）〔母に連れられて、上海の父のもとにゆき、二ケ年過ごす。上海の記憶は、驢馬から落ちて父に殴られたこと、羊群、朱色の家具、砂場〕。大正十二年（四歳）〔母と、上海で生まれた妹の灯《てい》と三人、小川町に帰る〕とある。父、元春（俳号・伊昔紅《いせきこう》）が上海同文書院校医として上海に在住していたので、幼児期を中国で過ごすという体験をもつことになった。

兜太は、〔私の俳句、私の物の考え方、私の人間性、それらをつくっている欠かすことのできない要素は中国（略）自分の基本には中国があると思うようになったのは六十歳を過ぎてからです」（『二度生きる』平成6年 チクマ秀版社・刊）と書いているが、上海での体験は兜太の原体験として、生き方に深くかかわってきていよう。

中国への旅も、昭和五十五年（六十一歳）初の俳人による中華人民共和国訪問団に参加をして以降、ことあるごとに訪ね、中国の詩人と交流を深めてきた。

「燕帰る」の句をつくった四川省の旅についても、句集『両神』のあとがきで、次のように書いている。

> この秋、中国を訪れて林林氏にお目にかかったとき、「天人合一」の語に触れた。造化に対する人間の思い上りは許せない。しかし、「自然随順」などという言い方はどこかいかがわしい、と日頃考えていたわたしは、このことばが嬉しくて仕方なかったのである。これからの自分の課題はこの「天人合一」にあり、と以来おもいつづけている。

「燕帰る」の句、ユーラシア大陸の東端から東南アジアに帰る秋燕に旅の途次に会い、挨拶をかわした句。「わたしも帰る並《な》みの家」――秋燕を空に仰ぎ交感をしながら、率直に心情を吐露したところがよい。「並《な》みの家」に、兜太の生き方が滲み出ていよう。

禿頭を野鯉に映す夏が来た　　句集『東国抄』

初出は、「俳句研究」平成五年八月号。

本書一九〇頁の「青春が」の句と同時に発表された、「禿頭頌」の一句。他の作品には、

一茶禿げて麦秋を来る鰯売
春の蚊や坊主頭の子規が泣く
父もおりし光頭会の夏の宴
禿げつつもなお禿げきらず青葉騒
禿げて久し妻の春闇夢裏いかに

といった句がある（このうちの「禿げつつも」「禿げて久し」の句は、句集『両神』に収録されているが、「禿頭を」の一句は、句集『東国抄』に収録された）。禿頭《とくとう》の句をこう並べてみ

て、兜太の〈禿頭好き〉がよくわかる。〔わたしの禿頭好きは、祖父以来の禿頭の血筋を楽しく受け入れているからだ〕(『中年からの俳句人生塾』平成16年 海竜社・刊)とも書いていた。

確かに、前掲の「禿頭頌」での作品を読んでみても、一茶、子規、実父の俳人伊昔紅《いせきこう》まであげ、禿頭について自らを納得させるかのように多々、俳句にして残している。また、

ひぐらしの秩父山人《やまびと》禿げやすし　　句集『両神』

という句もあるから、やはり兜太にとっては禿頭は気になるのだろう。そして、今も「なお禿げきらず青葉騒」という心境が、心中《しんちゅう》いつわらざるところであろうか。

「禿頭を」の一句。この句のよさは、禿頭を自賛しながら、しかも、気に満ちているところ。「野鯉」は野川や湖沼を元気に泳ぐ鯉であろうが、自分の顔をその水面に写し、鯉といっしょになって初夏の到来を寿ぎしているところがなんともよい。作者の嬉々とした表情は、下句の「夏が来た」という口語で止めた表現からも窺知することができる。爽やかな兜太の顔が見えるようである。

海鳥の糞にたんぽぽ大楽毛《おたのしげ》

句集『東国抄』

初出は、「海程」平成八年十月号。

「道東、霧多布岬など（六句）」として発表された一句。初出は、「海鳥の糞たんぽぽに大楽《おたの》毛《しげ》」であった。

霧多布集落は海流の静けさ

鵜の糞のつもる巌を霧に拝す

延齢草を海霧《がす》の面影通りけり

など、同時に発表された作品である。

この句。海鳥は、「鵜の糞の」の句もあるので、鵜であろうか。しかし、そこまで詮索せずに「海鳥」と受けとめておくことで十分であろう。

太平洋の暖かい海流と太陽を浴びて咲く、たんぽぽ。待ちに待った春を嬉々としているようでもあるが、そのたんぽぽの花に、海鳥が糞を落としていったのだ。下句の「大楽毛《おたのしげ》」は地名であるが、上句・中句にもうまくこの地名がはたらいていて、たんぽぽに海鳥が糞を落としていったことが、「お、たのしげ」というようにも読め、一句をユーモラスなものにしている。大楽毛《おたのしけ》は、釧路市の西部、阿寒川河口の地区。太平洋に面し、地名はアイヌ語オタノシケ（砂浜の中央）による。

そういえば、兜太には、好きな鳥について書いた文章がある。

私は鳥では鵜《う》が好きで、それも、かれらが十羽ぐらい集まって、枯木や巌の上に、旅人のようにじっととまっているときがよい。花は辛夷、鳥は鵜、というところだが、両方に共通しているものは、しーんとした、気味わるいほどの静けさであり、凛《りん》とした姿である。そのくせ、不思議に貴族的ではない。

（「辛夷の花」『俳童愚話』昭和51年　北洋社・刊）

霧多布岬は、釧路から厚岸に出て、太平洋の海岸線を根室方面に向かう途中にある。車でこの海岸線に沿った道路を走ると、太平洋の水平線が丸く見え、気分がよい。

鳥渡り月渡る谷人老いたり　　句集『東国抄』

初出は、「海程」平成九年一月号。
新春特別作品として発表した三十句より。
句集『東国抄』のあとがきで、兜太は故郷・秩父への思いを次のように書いている。

題の『東国抄』は、主宰俳誌「海程」に俳句を掲載するときの表題として、十年以上も書きとめてきたもので、初めは都ぶりに対する鄙ぶり、雅《が》の世界でなく野《や》の世界に自分の俳句をおきたい、といったていどの考えだった。しかし、「土」をすべての生きものの存在基底と思い定めて、自分のいのちの原点である秩父の山河、その「産土《うぶすな》」の時空を、身心を込めて受けとめようと努めるようになり、この題は、産土の自覚を包むようになったのである。

こう読み進んできて、改めて思うことは、兜太の俳句にとって伴侶である皆子夫人の力が陰に陽に大きくあったことである。終の住処として熊谷の地を選んだのもそうであったし、また、自分にとっての仏教は〔〈風土〉としてのありかたといったほうが適切なのかも知れない。〕とした次のような文章にもそのことは窺える。

しかし、そういう私を、妻は、なお浅きものと見ている。母を二十代で失い、父を四十代で失った女性にとって、〈死〉はまぎれもない現実であって、死によって離れた肉親との繋がりを、どこかに得ないかぎり、孤絶から脱けでることはできなかった。そこで得た繋がりは〈土〉で、土から生れ、土に還る循環の体認をとおして、彼女は父母といつまでも存在することができるようになったのである。

（「一茶のこと自分のこと」『熊猫荘点景』昭和56年　冬樹社・刊）

「鳥渡り」の句。「谷」は秩父の山峡。大きな景を捉えた一句である。空を渡る生きものとしての鳥と地球の唯一の衛星である月を配し、そして山峡の地に住み、代替わりしても住みつづける人たち。下句の「人老いたり」には、ことのほか作者の深い感慨がこもる。歳月は人の表情をも変えてゆき、知る人も少なくなってゆく。不動の空間のなか、いのちあるもののみが土に還ってゆく。そうした自然の循環の摂理を厳しく凝視した句である。

よく眠る夢の枯野が青むまで

句集『東国抄』

初出は、「海程」平成九年八・九月合併号。

句集としては第十二冊目に刊行された『東国抄』は、平成七年の秋から十二年初夏まで、ほぼ四年半の作品をまとめた句集である。いのちの原点である秩父の山河の時空を身心を込めて形象化した句が並ぶ。兜太、七十六歳から八十歳までの作品四一六句を収録している。

「よく眠る」の句。句集の劈頭に置かれている。七十代半ばを過ぎて、いよいよ元気な兜太の面目躍如の句である。ふつうは年齢とともに眠りは短くなるが、この句では、上句に「よく眠る」と置いた。その眠りも尋常ではない。夢のなかの枯野が青くなってくるまでという、冬から春へのとほうもない時間を眠りのなかにいるようにも読めるが、エネルギーを強く感じる句である。

句集『東国抄』の作品を見ていて、あらためて思うのは、涸れた句がないことである。年齢を加えながらも、若やぎを感じさせてくれる。この句でいえば、「青むまで」。

他の句でも、同じような若やぎとエネルギーを感じさせてくれる句はいくつもある。

朝寝してなお朝日なる山河かな

じつによく泣く赤ん坊さくら五分

この二句からは、これから始まる時間を肯定する、もっといえば生の時間への期待が感得される。ここには、自らのいのちを凝視する作者の貌がある。また、「老い」への意識を払拭する勁さが感じられる。

此岸に執着を示す兜太は、いま健康のために気を使っている。

母は一〇一歳で健在で、父は八八歳まで生きました。健康な遺伝子を最大限にいかしたいから起き抜けに竹踏み、深呼吸、体操。気力を養うために、三、四十分神棚の前に立って瞑《めい》想をして、漢方薬は人を待たしてでもきちんと飲みます。夕食後は仕事をしないで、テレビで野球やサスペンスを見て、ゆっくり寝ます。夏の老鶯のように、今を力いっぱい悠々と生きたいんだ。

（「ほがらか」「朝日新聞」平成14年6月17日夕刊）

妻病みてそわそわとわが命《いのち》あり　　句集『東国抄』

初出は、「海程」平成九年十二月号。

句集『東国抄』では、平成九年から十年にかけての句を「妻病む　十七句」として収録している。

妻病めり腹立たしむなし春寒し
こころ優しき者生かしめよ菜の花盛り
春の鳥ほほえむ妻に右腎なし

伴侶である皆子夫人の大病のことを、句集のあとがきで、兜太は仔細に書いている。

平成九年（一九九七）三月十八日、妻の皆子が右腎臓摘出の手術によって辛うじて救命された。進行していた悪性腫瘍を発見し、摘出して下さった中津裕臣先生（現在、総合病院国保旭中央病院泌尿器科部長）の御恩を、夫婦とも忘れることはできない。皆子はそのあと二年間、抗癌剤（インターフェロン）の注射をつづけ、つよい副作用にも負けることなく回復した。――そして、それから一年半たった、ちょうどこの句集の終りに当たる時期の昨年夏、こんどは左腎に影があらわれたのだが、これも中津先生の執刀で切りとってもらえた。あとの経過も順調で、左腎は支障なく機能している。

都合四年間、妻は気力十分に二度の手術にも耐えてきて、その気力はわたしをも励ましてくれる。

茂りあり静かに静かに妻癒えゆく

その後に書かれたこの句に出会うと、ほっとする。木漏れ日は緑の匂いを発散して、緑の空気を吸っていると、からだの細胞の一つひとつが、ゆっくりと蘇生していくのがわかる。「妻病みて」の句。擬音の「そわそわと」からは、万物の鼓動と夫婦の鼓動が一つになって、いのちを育んでいることが静かに伝わってくる。

おおかみに螢が一つ付いていた　　句集『東国抄』

初出は、「海程」平成十年二・三月合併号。
句集『東国抄』では、狼を素材にした句を二十句収録している。

おおかみが蚕飼の村を歩いていた
おおかみを龍神《りゅうかみ》と呼ぶ山の民
山鳴りときに狼そのものであった
ニホンオオカミ山頂を行く灰白なり

そして、「おおかみに螢が」の句に触れ、兜太は次のように書いている。
自然と交わるということは自然の中に自分が入ること。自然を体でとらえられるようになる。そうして自分の原点であるふるさと秩父の山河を見つめると、時間が消えていく。そして、かつていたというオオカミが私の中に息づいてくる。自然の中でただ生きるためにきちんと生きてきたオオカミはいのちの姿そのもの。それは私の存在への問いかけでもある。

（「ほがらか」「朝日新聞」平成14年6月17日夕刊）

絶滅したというニホンオオカミの剝製は、現在、日本に三体、外国に一体しかないという

（「讀賣新聞」平成15年1月26日夕刊）。

「おおかみに螢が」の句。狼が疾走し山中を駆けている。その狼に蛍が一つ付いているというふうにも読めるし、狼の全体は見えないがクローズアップされた部分、腹か背のあたりに蛍が一つ付いているという読みもできる句である。狼にも蛍にも、いのちの輝きがある。また、「螢」、「狼」という古風な素材を使いながら、主情を押さえ口語体で直截に言い切ったところが新鮮。

この句の「おおかみ」。平仮名での表記は、幻想の狼だからとも別のところで兜太は書いていた。狼はかつて真神《まかみ》として崇められてきた野獣。兜太が〈存在の基本は土〉として秩父の産土の山河に思いを込めるとき、〈いのちの存在の原姿〉として狼は時空を超え兜太のなかに蘇ったといえよう。オオカミは、奥秩父の三峰神社の化身でもある。

よく飯を嚙むとき冬の蜘蛛がくる　　句集『東国抄』

初出は、「俳句」平成十一年四月号。

「胆大小心」と題して発表した十七句より。

すでに鑑賞した「三日月がめそめそといる米の飯」の句（本文九〇頁）のところでも触れたが、兜太には、「米の飯」への強いこだわりがある。それは、山国秩父での幼・少年時代、蕎麦やうどんという麺類の多い食生活をしてきたことにもよろう。

「よく飯を嚙むとき」、咀嚼を繰り返し〈飯〉そのものが、からだの一部分になっていくような至福の時間。その食卓にやってきた蜘蛛への柔和な眼差しは、ともに冬を越す生きものとしての共感がその基底にはある。

食事について、兜太は次のように書いている。

わたしは若いころから食べものをゆっくりかむくせがあって、したがって食事時間が長い。

「早飯早ぐそ早草鞋《わらじ》」が男子の心がまえのようにいわれていた時代に育ったわけだが、この三つともわたしには実行できなかった。しかられてもどうしても食事時間を短縮できない。（略）しかし、わたしが現在健康でいられる一因に、この遅さがあると、ここにきていよいよ確信しているしだいである。

いま、水をえた魚のように、わたしの食事はゆっくりながれている。

（『中年からの俳句人生塾』平成16年 海竜社・刊）

食べることは、食材からいのちをもらうこと。兜太にある旺盛な食への関心は、とりもなおさず、生への積極的な意欲ともいってよいだろう。

句集『両神』にも、次のような句がある。

すぐ仰向けになる亀虫と朝ごはん

〈土〉への眼差しと故郷・秩父への眼差しをいっそう明確にして以降の作品には、小林一茶の句の影も重なって、自らを〈素のまま〉にさらけだしたものが多い。それは、生そのもの、いのちそのものを凝視する眼差しの深化といってもよいだろう。

小鳥来て巨岩に一粒のことば

句集『東国抄』

初出は、「海程」平成十二年六月号。

一句を構成する言葉が明晰である。このような言い方は、兜太の句についていうとき的を得ていないようにも思えるが、この句については、そうなのだ。

なによりも、この句の静謐な透明感は、基底にある言葉の明晰さによって支えられていることによろう。

上句で「小鳥来て」と置いているが、これは秋の季語。ただ、この句の小鳥は群をなしているのではなく、一羽の小鳥と読みたい。「巨岩」は、不動の存在。地と天を繋ぐ存在としてあるような「巨岩」。そこに、小鳥が何処からともなくやってきて、一声、息を吐くように鳴く。その声は小鳥の喉の奥から発せられたものであるが、いのちのメッセージのように響いてくる。

耳を澄ませていると、小鳥の声は「一粒のことば」として在るのだろう。まぎれもなく小鳥と兜太が全身で交感している静謐な刻。生きて輝く一瞬を、不動の存在としての「巨岩」と対比して捉えていて、なおかつ深遠である。混沌から秩序が誕生してくる地球の天地創造を垣間見るような一句でもある。

この句を読んでいて、やや唐突かもしれないが俳句にも造詣の深いフランスの詩人、イヴ・ボンヌフォアの詩の断片（「文字の石」――一九五九年）を思ってみたりする。

鳥がなきながらおちた　だがかれは氷の河の
あまりにも広大な冬に勝った
――もし鳥の叫ぶ声が　ひろい空間に　みちわたるものなら
石には　失われた名前こそ　みちわたれ

この詩のテーマもそうなのだが、ボンヌフォワの詩句で印象の強いものは、すべてのものが死によって支えられていることに気づいた刹那の光を書きとめていること。

兜太の「小鳥来て」の句も、此岸での一瞬の光を見事に掬い取って見せてくれているが、俳句定型の言葉の空間に宙吊りされたイメージの一行は、鮮烈で意志的である。

あとがき

本書を書くきっかけになったのは、一昨年、兜太先生が第十六回蛇笏賞を句集『東国抄』で受賞され、その受賞式のあとの祝賀会で兜太先生にお祝いを申し上げた折の話からであった。俳誌「海程」（昭和五十七年）に六回連載して中断したままになっていた「金子兜太百句」のことにも話がおよび、ぜひ完成を、と言われたことが本書の誕生する発端である。

十四冊の句集（未刊句集二冊を含む）で発表された三九一一句の兜太俳句を再読、わたしなりの「金子兜太百句」を選出。ちょうど、時間にも余裕がもてる時期だったので、一年間かけてゆっくり書き下ろした。その間の平成十五年六月には、句集『東国抄』（平成13年・刊）、『金子兜太集』（全四巻　平成14年・刊）により兜太先生は日本芸術院賞を受賞された。

戦後俳句に、論・作の両面で牽引的な役割を担ってきた兜太俳句は、多方面から論じられてきたが、今まで一本に纏まったものが、極端に少ないことを、つねづねさみしく思っていた。わたしの知るかぎり金子兜太を論じて纏まったものは、『金子兜太論』（牧ひでを著　昭和50年　永田書房・刊）、『金子兜太』（安西篤著　平成13年　海程新社・刊）、『鷗の海―兜太百句抄』（大岡頌司著　昭和52年　端溪社・刊）の三冊である。『鷗の海』は兜太の百句を選出し、巻末に解題をつけた簡便なもの。

そうであれば、兜太俳句について鑑賞中心の纏まったものを上梓しようと、書き上げたのが本書である。

兜太俳句は、俳句界のみならず広く俳句に関心をもつ読者にも愛されているので、気楽に読んでもらえることを第一に心がけ、どの頁の句から読んでもらってもよいように鑑賞を試みたつもりである。

また、戦後の時代とともに歩んできた兜太俳句を語るとき、時代背景を抜きに論じることは、どうしてもできない。そうしたことから、自句自解を、作品理解のために多く引用させていただいた。

百句鑑賞という制約のなかでは、兜太俳句の全貌を正鵠に論じることは困難であるが、本書が兜太俳句を読む一つの手がかりになれば幸いである。

おわりに、出版を快諾くださった飯塚行男社長、担当の星野慶子氏、また助言をいただいた赤塚一犀氏のご尽力に感謝いたします。

平成十六年五月十五日

酒井弘司

金子兜太略年譜

大正8年	一九一九		九月二十三日、埼玉県小川町に生まれる。（兜太は本名）父は俳人、金子伊昔紅。
昭和12	一九三七	18歳	水戸高校（旧制）文科乙類に入学。句作を始める。
13	一九三八	19	全国学生俳句連盟誌「成層圏」に参加。
16	一九四一	22	東京帝国大学経済学部に入学。加藤楸邨主宰の俳誌「寒雷」に投句を始める。
18	一九四三	24	九月、繰り上げ卒業後、日本銀行に入行、直後に退職。海軍経理学校に入隊。
19	一九四四	25	海軍主計中尉に任官しトラック島に赴任。
21	一九四六	27	米軍捕虜となり、十一月復員帰国。沢木欣一主宰の俳誌「風」に参加。
22	一九四七	28	日本銀行に復職。塩谷みな子（俳号皆子）と結婚。
24	一九四九	30	日本銀行従業員組合事務局長（専従）となる。
25	一九五〇	31	日本銀行福島支店に転勤。
28	一九五三	34	日本銀行神戸支店に転勤。
30	一九五五	36	句集『少年』（風発行所）刊。
31	一九五六	37	句集『少年』で現代俳句協会賞を受賞。俳句専念を期す。
33	一九五八	39	日本銀行長崎支店に転勤。
35	一九六〇	41	日本銀行東京本店に転勤。杉並区の日銀行舎に住む。
36	一九六一	42	句集『金子兜太句集』（風発行所）刊。「造型俳句六章」を「俳句」誌に連載。
37	一九六二	43	俳誌「海程」を創刊。
40	一九六五	46	『今日の俳句』（光文社）刊。
42	一九六七	48	埼玉県熊谷市に転居。初めて自分の家をもつ。以後、定住漂泊の地と定める。
43	一九六八	49	句集『蜿蜿』（三青社）刊。

昭和45年	一九七〇	51歳	『定型の詩法』（海程社）刊。
47	一九七二	53	句集『暗緑地誌』（牧羊社）刊。『定住漂泊』（春秋社）刊。『俳句―短詩形の今日と創造』（北洋社）刊。
49	一九七四	55	日本銀行を定年退職。上武大学教授となる。句集『早春展墓』（湯川書房）刊。『種田山頭火』（講談社）刊。『詩形一本』（永田書房）刊。
50	一九七五	56	『金子兜太全句集』（立風書房）刊（未刊句集『生長』、『狡童』を含む）。
51	一九七六	57	『俳童愚話』（北洋社）刊。
52	一九七七	58	句集『旅次抄録』（構造社）刊。『ある庶民考』（合同出版）刊。
53	一九七八	59	埼玉県文化賞を受賞。朝日カルチャーセンターで俳句講義を始める。『愛句百句』（講談社）刊。
54	一九七九	60	上武大学教授を退職。『流れゆくものの俳諧―一茶から山頭火』（朝日ソノラマ）刊。
55	一九八〇	61	第一回俳人訪中団に参加。『小林一茶―漂鳥の俳人』（講談社）刊。
56	一九八一	62	句集『遊牧集』（蒼土舎）刊。『熊猫荘点景』（冬樹社）刊。
57	一九八二	63	句集『猪羊集』（現代俳句協会）刊。
58	一九八三	64	現代俳句協会会長となる。『一茶句集』（岩波書店）刊。『漂泊三人―一茶・放哉・山頭火』（飯塚書店）刊。
59	一九八四	65	『俳句の本質』（永田書房）刊。『兜太詩話』（飯塚書店）刊。『感性時代の俳句塾』（サンケイ出版）刊。
60	一九八五	66	俳誌「海程」同人代表から主宰となる。句集『詩經國風』（角川書店）刊。『わが戦後俳句史』（岩波書店）刊。
61	一九八六	67	朝日新聞俳壇選者となる。句集『皆之』（立風書房）刊。
62	一九八七	68	『小林一茶―句による評伝』（小沢書店）刊。『熊猫荘俳話』（飯塚書店）刊。

昭和62年	一九八七	68歳	『放浪行乞―山頭火百二十句』（集英社）刊。
63	一九八八	69	紫綬褒章を受賞。『兜太の現代俳句塾』（主婦の友社）刊。
平成3	一九九一	72	自選句集『黄』（ふらんす堂）刊。
4	一九九二	73	日中文化交流協会常任理事となる。『兜太のつれづれ歳時記』（創拓社）刊。
5	一九九三	74	『遠い句近い句』（富士見書房）刊。
6	一九九四	75	勲四等旭日小綬章を受賞。『二度生きる』（チクマ秀版社）刊。
7	一九九五	76	句集『両神』（立風書房）刊。
8	一九九六	77	句集『両神』で日本現代詩歌文学館賞を受賞。
9	一九九七	78	ＮＨＫ放送文化賞を受賞。『金子兜太の俳句入門』（実業之日本社）刊。
11	一九九九	80	『俳句専念』（筑摩書房）刊。
12	二〇〇〇	81	現代俳句協会名誉会長となる。
13	二〇〇一	82	第一回現代俳句大賞を受賞。句集『東国抄』（花神社）刊。『漂泊の俳人たち』（ＮＨＫライブラリー）刊。
14	二〇〇二	83	句集『東国抄』で蛇笏賞を受賞。『金子兜太集』（全四巻　筑摩書房）刊。
15	二〇〇三	84	日本芸術院賞を受賞。
16	二〇〇四	85	『中年からの俳句人生塾』（海竜社）刊。

（酒井弘司・編）

掲載句索引

掲載句索引（太字は表題の句）

酒井 弘司（さかい ひろし）

1938年（昭和13）、長野県に生まれる。
同人誌「歯車」「零年」「青年俳句」「ユニコーン」に参加。
「寒雷」に投句。「海程」創刊に同人として参加。
1994年（平成6）に「朱夏」を創刊、主宰。

句集 『蝶の森』（霞ヶ関書房）
『逃げるボールを追って』（私家版）
『朱夏集』（端渓社）
『酒井弘司句集』（海程新社）
『ひぐらしの塀』（草土社）
『青信濃』（富士見書房）
『酒井弘司句集』（ふらんす堂）
『地霊』（ふらんす堂）
評論集『現代俳人論』（沖積舎）

金子兜太《かねことうた》の100句を読む

2004年7月20日 第一刷発行

著 者 酒井弘司
発行者 飯塚行男
印刷・製本 東京書籍印刷

〒112-0002
東京都文京区小石川1-16-1
TEL 03-3815-3805
FAX 03-3815-3810
株式会社 飯塚書店
振替00130-6-13014

ISBN4-7522-2043-1